情诗365首

谭五昌◎主编

花城出版社
中国·广州

图书在版编目（CIP）数据

情诗365首 / 谭五昌主编. -- 广州 ： 花城出版社,
2025. 6. -- ISBN 978-7-5749-0202-2

Ⅰ. I226.2

中国国家版本馆CIP数据核字第20257GR884号

情诗365首
QINGSHI 365 SHOU

谭五昌/主编

出 版 人	张 懿
责任编辑	陈诗泳
责任校对	梁秋华
技术编辑	凌春梅
装帧设计	姚 敏
出版发行	花城出版社
经　　销	全国新华书店
印　　刷	深圳市福圣印刷有限公司
开　　本	965毫米×1230毫米　32开
印　　张	15.25　2插页
字　　数	270,000字
版　　次	2025年6月第1版　2025年6月第1次印刷
定　　价	59.00元

版权所有·侵权必究。如发现印装质量问题，请与出版社联系。
联系电话：020-37604658　37602954

编委会

主　　编　　谭五昌
执行主编　　萨仁图娅　祁　人
副 主 编　　雁　西　安娟英　陈映霞　王永江

编　　委（排名不分先后）

吉狄马加	叶延滨	黄亚洲	陆　健	树　才
潇　潇	庄伟杰	北　乔	林　雪	于慈江
海　男	郭新民	刘以林	陈新文	安海茵
西玛珈旺	三色堇	艾　子	丘树宏	刘春潮
布木布泰	周占林	花　语	陈小平	大　枪
李　皓	宁　明	徐俊国	王霆章	王舒漫
唐　诗	吴海歌	方文竹	冰　虹	阿　毛
南　鸥	金指尖	银　莲	赵晓梦	路文彬
田　湘	丘文桥	冯三四	高作苦	牛　黄
梁　潮	罗　晖	樊　子	唐成茂	赵目珍
谭　畅	老　刀	阿　里	冯　娜	晓　音
安　琪	吴光琛	邓　涛	游　华	胡建文
郭思思	罗小凤	彭　桐	李　冬	卡　西
灵岩放歌	曾春根	王发强	琼　吉	陈跃军
李东海	和克纯	潘宏义	兰　心	杨映红
牛国臣	茗　乐	三　泉	肖春香	汤红辉
阳　春	张林春	鲁　翰	贺小华	祝雪侠

目录 contents

A
- 002 安琪 / 白葡萄酒为什么也让人脸红
- 003 安娟英 / 雾锁五亭
- 004 安海茵 / 暮色就这样漫过了头顶
- 006 艾子 / 我想用一年换取两天
- 007 阿毛 / 花海上的远方
- 008 安然 / 如果我爱你
- 009 阿里 / 绕指柔
- 010 阿郎 / 慢

B
- 012 北乔 / 让我住在你的心里
- 013 冰虹 / 像风,带动着岁月
- 015 冰洁 / 自从遇见你
- 016 白爱琴 / 我们回家吧
- 018 白恩杰 / 等
- 019 包夏亮 / 平凡
- 020 北琪 / 等一场爱,破土而出
- 022 边海云 / 七夕
- 023 布非步 / 五月
- 024 布木布泰 / 祝福

C
- 026 陈映霞 / 打翻的蜜罐
- 027 陈新文 / 星光谣
- 028 蔡天新 / 雾
- 029 曹谁 / 大风歌
- 030 曹有云 / 冬天里的童话
- 032 蔡诚 / 内蒙古短歌

01

033　蔡静 / 想你的时候
034　蔡淼 / 玉龙雪山记事
035　蔡启发 / 凝结心血,远涉层林尽染
036　曹波 / 爱的额外赠品
037　曹丽 / 葡萄随想
038　曹卫东 / 你是不容错过的唯一
039　茶山青 / 生活在我的爱情世界里
040　陈灿荣 / 一天
041　陈克锋 / 年度台词
042　陈立红 / 喜鹊以无数的翅膀铺好一年一度的婚床
044　陈琼 / 红豆
045　陈树照 / 时光不老,爱情不败
046　陈思侠 / 情书,守候初心的镜子
047　陈欣永 / 解药
048　陈雨吟 / 萤火虫
049　陈跃军 / 你是我的雪花
050　程绿叶 / 荷花还是开了
051　程旭荣 / 感受爱的滋润
053　楚荷子 / 爱情到来的路旁
054　葱葱 / 我想你,十万朵桃花同时开放
055　从容 / 在种满米兰的街角

D

057　戴望舒 / 我的恋人
058　大枪 / 三叶草
059　邓涛 / 蜘蛛人的情诗
061　段光安 / 莲池小屋
062　大连点点 / 网
063　大太阳 / 肖像画
065　单增曲措 / 情郎
066　邓醒群 / 春天,失眠者
067　丁丁 / 假如

- 068 东方惠 / 爱的收讫
- 069 冬雪夏荷 / 明月千里
- 070 董进奎 / 幸福
- 071 董喜阳 / 五月，我的爱人
- 072 多兰 / 我们
- 073 多米 / 此刻
- 074 多木 / 窑埠街的月亮

F
- 076 冯娜 / 寻鹤
- 077 樊子 / 靠近
- 078 范丹花 / 呼伦贝尔的日落
- 079 方雪梅 / 给你
- 080 芳闻 / 对星星诉说
- 081 房建武 / 七月之恋
- 083 斐儿 / 爱情词典
- 084 冯三四 / 我能送你什么

G
- 087 郭新民 / 品味
- 088 高世现 / 最后的糖果店
- 089 甘建华 / 西宁街头
- 091 干海兵 / 你
- 092 高金鹰 / 可不可以
- 093 高伟 / 我们不要不是的爱情
- 094 高兴 / 经典永恒
- 095 高旭旺 / 致爱人
- 096 高作苦 / 春光明媚
- 097 格风 / 春风杨柳
- 098 谷语 / 我爱你，像爱一颗易碎的露珠
- 100 顾北 / 国王咖啡馆
- 101 郭卿 / 炊烟里的家

H
- 103 华万里 / 写给乌江的妹妹
- 105 黄亚洲 / 短信时代，愿意给你写封长信

107　海男 / 爱是可以历经磨难的
108　海清涓 / 网名
109　海田 / 缘
110　海霞 / 想你的时候桃花就开了
111　韩红岩 / 写诗亦写你
112　禾青子 / 海棠之诗
113　何佳霖 / 世界只剩下爱情
114　何南 / 甜蜜的灾难
116　和克纯 / 玫瑰园夜景
118　贺林蝉 / 我告诉了你关于雪的消息
119　黑骏马 / 我不要多少
121　洪老墨 / 这个季节
122　胡刚毅 / 天愈黑，星愈亮
123　胡建文 / 情书
124　胡粤泉 / 等你时
125　花语 / 车过国贸桥
126　华海 / 天使
127　荒林 / 彼时年少更羞涩
128　黄挺松 / 指尖情诗
129　惠兴文 / 我和你

J

131　纪弦 / 你的名字
133　吉狄马加 / 回答
134　金本 / 彩色的天空
135　蒋德明 / 故乡
136　蒋兴刚 / 情史
137　金指尖 / 亲爱的
138　荆卓然 / 你的双瞳俘虏了我

K

140　卡西 / 情诗
141　孔占伟 / 从青海湖出发

L

- 144　刘半农 / 教我如何不想她
- 146　刘大白 / 邮吻
- 148　林徽因 / 你是人间的四月天
- 149　洛夫 / 因为风的缘故
- 151　林雪 / 雕像
- 153　陆健 / 老虎
- 154　卢卫平 / 慢道
- 156　林莉 / 江堤上
- 157　鲁娟 / 世俗生活
- 158　路文彬 / 你的恩典，我的奇迹
- 159　李轻松 / 亲爱的，有话跟铁说吧！
- 161　李皓 / 秋水伊人
- 162　李自国 / 玫瑰的歌声
- 164　老刀 / 天涯海角
- 165　凌晓晨 / 印痕
- 166　刘春潮 / 念诗给花听
- 168　兰晶 / 遇到
- 170　兰心 / 时光为媒
- 172　乐冰 / 你用纸巾抹着幸福的泪水
- 173　雷子 / 玉中鱼
- 175　冷克明 / 陪你路过这个世界
- 177　黎权 / 爱情的函数关系
- 179　李东海 / 占领
- 180　李冬 / 偷袭
- 181　李继强 / 信
- 182　李建军 / 桉树的缘
- 183　李立 / 晴空万里，不及心中有你
- 184　李振 / 私寄的一封情书
- 185　梁潮 / 情趣
- 186　梁琳筠 / 邮你，一场梦雨
- 188　梁潇霏 / 酢浆草
- 189　廖志理 / 三角梅
- 190　林馥娜 / 沉默交谈

	191	林海蓓 / 秋天的阳光
	193	林杰荣 /《诗经》里的爱情
	194	林琳 / 春归雁荡
	196	林珊 / 通往你的道路永远是春天
	197	林萧 / 这个夜晚属于我和你
	199	林忠成 / 只愿与你厮守
	200	灵岩放歌 / 这不是我的错
	201	刘春 / 菊地里
	202	刘功业 / 月亮在河流之上
	204	刘建锋 / 你是一株盛开的山桃花
	205	刘旭锋 / 梅·众芳之上
	206	刘雅阁 / 湖与蛇
	207	刘以林 / 你和我
	209	龙飞宇 / 只有在爱的时候，时间才是饱满的
	210	龙秀 / 奔赴
	211	卢悦宁 / 白浪滩
	212	鲁翰 / 行走在爱的路上
	213	鲁橹 / 我在白露中渐渐绯红
	214	路小曼 / 醉春
	215	罗晖 / 橘子红了
	216	罗启晁 / 自从你来了
	217	罗雨 / 古镇梦
	218	罗紫晨 / 爱
M	221	穆木天 / 落花
	222	慕白 / 我想要……
	223	马丽 / 你
	224	马培松 / 也许……
	225	马文秀 / 照进彼此
	227	马晓康 / 邦戈岛的小玩偶
	228	马晓鸣 / 一朵桃花是我前世的娘子
	229	毛江凡 / 祈愿帖
	230	蒙古月 / 等待

	232	弭节 / 组诗：三行情诗
	234	茗乐 / 我的爱对你说
	235	莫在红 / 相望
	236	蓦景 / 春天翻开谁的扉页
	237	牧野 / 樱花如雪

N 239 南鸥 / 你身披星光，从天而降
　240 娜仁琪琪格 / 青花瓷
　241 宁明 / 我只能被你擦亮一次
　242 牛国臣 / 生命里感谢有你
　244 牛黄 / 致爱人

O 246 欧阳红苇 / 流水慢

P 248 彭惊宇 / 紫色的星
　249 彭桐 / 桃花劫
　250 潘宏义 / 你的手
　252 裴郁平 / 想起了你

Q 254 邱华栋 / 轻些，再轻些
　255 祁人 / 和田玉
　257 齐冬平 / 清澈无瑕的眸子
　258 七月椰子 / 棕树
　259 漆宇勤 / 理由
　260 钱轩毅 / 不能说
　262 倩儿宝贝 / 羞
　263 琼吉 / 如意之果
　264 丘树宏 / 日出
　265 丘文桥 / 谁与归

R 268 冉冉 / 河水又涨上来了
　269 冉仲景 / 毛妹
　270 任占国 / 琴

07

- 271　日月念念 / 匍匐
- 272　如风 / 在春天

S
- 274　舒婷 / 致橡树
- 276　食指 / 酒
- 277　萨仁图娅 / 当暮色渐蓝
- 278　树才 / 送别妹妹
- 279　三色堇 / 我们在春天相爱
- 280　三泉 / 狮子座
- 281　桑吉格格 / 一场春雨之后
- 282　上官文露 / 秘密
- 284　邵纯生 / 我和你
- 285　盛华厚 / 在尼罗河默念你的名字
- 286　石立新 / 因为
- 287　史鑫 / 花园
- 288　瘦西鸿 / 画你
- 290　舒然 / 即便是梦
- 291　舒喆 / 被时间恩准的语言
- 292　霜扣儿 / 除了彼此，我们已没有别的未来
- 293　宋德丽 / 朝圣
- 294　苏文田 / 又见桃树开花
- 295　苏笑嫣 / 春天把我们吹出声来
- 297　孙大顺 / 南园之爱
- 298　孙思 / 白堤
- 299　孙永斌 / 秋天的一枚印章
- 301　孙梓文 / 感灵寺，遇见花与你

T
- 303　田湘 / 雪人
- 304　唐成茂 / 我用湿漉漉的语言打湿你的红唇
- 306　唐诗 / 为一个成语守夜
- 308　塔里木 / 献给爱人
- 309　谭畅 / 棉花糖
- 311　谭杰 / 琴亭湖

312　谭明 / 白色的菊花
313　谭哲 / 幸福的名字
314　汤红辉 / 心事如莲
315　田红霞 / 柔软的一天
316　田暖 / 万物因你而闪耀
317　田耘 / 突然觉得生是如此辽阔

W
320　王桂林 / 一个苹果
321　王霆章 / 偶然
322　王伟 / 等你来高原
323　旺忘望 / 港湾
324　吴光琛 / 听琴
325　吴海歌 / 潜入你的名字
327　吴硕 / 爱的十四行
328　汪吉萍 / 女儿心
329　王爱红 / 爱人
331　王爱民 / 在雪上写下你的名字
332　王发强 / 沉醉的夜风
333　王妃 / 梦
334　王京 / 一百年，不许变
335　王静 / 想念是一场内心的桑烟
336　王军 / 两条小河
337　王立世 / 亲，我想喊你宝贝
338　王珊珊 / 第一封情书
339　王舒漫 / 五月，用眼睛为你唱首歌
341　王文雪 / 比翼
342　王小林 / 题一片红叶
343　王晓露 / 写在情人节的长短句
344　王彦山 / 快哉风
345　王永江 / 把每一天都过成初恋
346　王咏 / 七夕，陪你读一读情诗
348　王志彦 / 来自爱情
349　文博 / 你的名字是一条河

X
- 351　徐志摩 / 雪花的快乐
- 353　晓雪 / 我想着你
- 355　箫风 / 小雪
- 357　晓音 / 我是出色的马夫
- 359　徐俊国 / 俗世之爱
- 360　徐丽萍 / 像童话一样生活
- 362　西贝 / 平行宇宙之恋
- 363　西玛珈旺 / 世人万千，再难遇我
- 365　夏雨 / 雨的省略号
- 366　萧逸帆 / 为你活成一首诗
- 367　肖灿先 / 去远方
- 368　肖春香 / 小满
- 369　肖飞 / 眼睛
- 370　谢方生 / 水牢
- 371　谢华萍 / 你的影子
- 372　谢雨新 / 别
- 373　熊游坤 / 前世记忆
- 374　徐柏坚 / 爱情十四行诗
- 375　徐琳婕 / 梦中的你
- 376　徐青青 / 返生
- 377　徐书僮 / 爱在春天
- 378　徐厌 / 草地三月来信
- 379　许燕影 / 此去经年
- 380　雪丰谷 / 你的名字

Y
- 382　痖弦 / 秋歌
- 383　应修人 / 妹妹你是水
- 384　叶延滨 / 蜜月箴言
- 385　雁西 / 白昼之月
- 386　于慈江 / 执念
- 387　宇秀 / 踮起脚尖
- 388　雨田 / 蓝纱巾
- 389　野岸 / 你的手指充满童话

	390	亚楠 / 盛夏，在清风朗月中
	392	颜梅玖 / 骨朵
	394	雁飞 / 另一个湖泊，或另一个鄱阳湖
	395	央金 / 大地·旷野
	396	阳春 / 你的名字
	398	杨北城 / 如果久别就能重逢
	400	杨丰源 / 荷塘月夜
	401	杨海蒂 / 致命邂逅
	403	杨廷成 / 敦煌的月亮
	405	杨映红 / 围炉夜话
	406	姚瑶 / 苍耳
	407	姚园 / 一朵不熄的火
	408	野松 / 这人间四月天
	409	一梅 / 清晨
	410	易有斌 / 聆听
	411	荫丽娟 / 虚掩之门
	412	殷红 / 信
	413	银莲 / 我只要跟你欢喜相伴
	414	尹宏灯 / 可以朦胧
	415	幽林石子 / 其实
	416	游华 / 今夜，小雨
	417	羊子 / 爱你
	418	鱼小玄 / 云上的村落
	420	语泉 / 公交车上
	421	郁东 / 清水之眸
	422	育聪 / 想陪你看月亮
	423	彧蛇 / 渡
	425	喻晓 / 我在山上搭个茅草屋等你
	426	远帆 / 电影
	427	云水音 / 湖水的思念
Z	429	曾春根 / 小满·窗台的月季
	430	曾若水 / 读你

431　张烨 / 凝视
432　张映姝 / 醉蝶花
433　张况 / 梦想的海棠
434　周庆荣 / 致爱情
436　庄伟杰 / 蝶恋花
438　周占林 / 牵一次手,我们就站成卓尔山
440　扎西才让 / 青海姑娘
441　张端端 / 情诗
442　张国安 / 爱情隧道
444　张晶 / 星空日记
446　张凯 / 在加格达奇的雨夜想你
447　张林春 / 月光和你
448　张容卿 / 想
450　张绍民 / 你说的话,你的教导,都是最好的情诗
452　赵博 / 需要
453　赵目珍 / 明天
454　赵晓梦 / 绛雪
455　赵之逵 / 下午,荷花一样
456　周广学 / 这样的幸福延伸着
458　周杰 / 星空
459　周簌 / 微蓝
460　周扬松 / 三月六日·邂逅或片段
462　周野 / 在茂名浪漫海岸
464　周园园 / 木棉花之恋
465　朱涛 / 用桨的双手
466　朱文平 / 拥抱
467　朱燕 / 秋天的情诗
468　庄凌 / 暮年
469　宗晶 / 那时,我们都老了
470　左清 / 无题
471　祝雪侠 / 那束绿光
472　庄晓明 / 梦

让我种下无花果、甘蔗林、红樱桃吧

这些为你忙碌的,包括我

白葡萄酒为什么也让人脸红

/ 安琪

红葡萄酒让人脸红
白葡萄酒为什么，也让人脸红？

那天你往我的身体倒酒，红葡萄酒
白葡萄酒，于是你浇灌出了

红脸的我
继续红脸的我

我红着脸听你赞美我
然后我继续红着脸赞美你

批评的话让人脸红
赞美的话为什么，也让人脸红？

安琪，福建漳州人。中国作家协会会员，中国诗歌学会常务理事。现居北京。

雾锁五亭

/ 安娟英

你忘记的梦
是我唯一久久的遗憾
——无处可栖
如彩蝶的纱巾飞翔失落
在湖面

一壶浊酒
相对无言
空留　我低垂的思念
轻轻触摸你
烟花三月的余温

春风　扫尽飞雪
打开你的一把心形桃花扇
寂静中有鹤鸣声声传来

一只在长亭内单足而立
一只在长亭外迂回盘旋

安娟英，江苏无锡人。中国作家协会会员，《中华诗园》主编。

暮色就这样漫过了头顶

/ 安海茵

暮色就这样漫过了头顶。
落雪的江堤在等,
月亮和一个人的剪影。
我的山河从未破碎过……
却还是轻轻伸出手来,
想挽住你的。

每一阕骊歌都企图铭记落日,
这我是懂的。
既然放任了云岚的脚,
沦陷了一万亩天空,
暗自庆幸,
我还保有我渡口的桥。

由此追溯至,
正午时分的风,
不同流域的迥异旗语。
我就那样掀开玻璃房子的屋顶,
我想把你的花全都摘下来。

嘘,此刻是你的蓝色
睡眠时间,
那些银色糖珠儿还痴迷于

微凹的斜面。
我还想积攒更多的,可以吗?

拥抱一分钟吧。
五分钟也行。
我们的手心里还攥着
那些簇拥的糖珠儿,
我们一颗颗噙着,
绝不伤身,
矢志把甜蜜悄悄完成。

安海茵,中国作家协会会员,哈尔滨市作家协会副主席,《诗林》副主编。

我想用一年换取两天

/ 艾子

我想用一年换取
你的两天、我们的两天
我想看你像婴儿一样熟睡
发出轻微鼾声的样子
想看你关闭手机
只专注看我的眼神
想在一张白纸上
留下共同的轮廓
我的心事像树叶一样密集
思念像雾一样浓重
你无暇顾及我的牵挂　我的
大海一样翻涌的欲望
我们要在两天里
双双潜入海底
让你纵情抚摸
海水柔滑的肌肤
绿叶层层叠叠的爱
我把365个日子放上赌桌
绝不自乱阵脚

艾子，本名郑小霞。海南大学兼职教授。中国作家协会会员，海南省作家协会副主席。

花海上的远方

/ 阿毛

只有一次,我们驱车
去远方

亲爱的,只有一次
你从后面抱着我

我回过头来的眼波
翻滚成大海

反光板
反光在我的脸上

我只是你镜头里的新娘
花海上的远方

阿毛,本名毛菊珍。中国作家协会会员,武汉市文联专业作家。

如果我爱你

/ 安然

如果我爱你，就要接受
你日渐衰老中的迟钝与疾病
就要为你祈祷，给你水
给你粮食，给你半亩方塘任你潇洒
就要在林间的夜晚，为你生火
为你在天黑的路口掌灯
如果我爱你，我会换个时辰，换个方向
不是露水初生，不是潮平两岸
我会以斑鸠的姿态接近你
如果我爱你，恰逢芒种
多好啊
让我种下无花果、甘蔗林、红樱桃吧
这些为你忙碌的，包括我
如果我爱你，我会绣山河
画古代的美人，肤若凝脂
教她们爱你胸上的朱砂
爱你手上的江湖

安然，满族，内蒙古赤峰人。中国作家协会会员。哲学硕士。现居广州。

绕指柔

/ 阿里

我的爱人有一双纤细的小手
小手一捏就变成一对小拳头
她一生气就用手捶我的胸脯
像两只棉球敲打坚硬的石头

兴许哪一天她忽然得到快乐
小手便如藤蔓缠住我的脖子
我呢就会像一个陶醉的大仙
在她小脸上用嘴巴给她画圈

阿里，本名黄根生，江西吉水人。广东省作家协会会员。广东某高校教师。现居广州。

慢

/ 阿郎

要如何慢
才能与时光合拍
要怎么爱
才能让你的眼睛明亮
让岁月昏暗

阿郎,本名陈剑华。现执教于江西省九江开放大学。

花肥水瘦
从朝霞到晚霞
我不再需要白天
只想睡在你眼睛的黑暗里

让我住在你的心里

/ 北乔

花肥水瘦
从朝霞到晚霞
我不再需要白天
只想睡在你眼睛的黑暗里

潮起潮落
从话语到天籁
我不再需要妙音神曲
只想安静在你的呼吸里

风起云涌
从光芒到荣耀
我不再需要浮华
只想抚摸你的喜怒哀乐

让我住在你的心里
你的心跳是我生命的全部

北乔,江苏东台人,现居北京。任职于中国作家协会。

像风,带动着岁月

/ 冰虹

倘若,你爱我
只像爱一团火,那么
火熄灭了,你
还爱什么?
倘若,你靠近我
只是为了从我这里拿取快乐
那么,快乐尽了
你又该怎么着?
我是你眼睛里的光芒
身体里的血液
可是,我并不想照亮你的信誓
掀起你的狂热
只想把你的爱
谱写成荡气回肠的歌
高兴的时候听,让快乐
由一个变成两个
不高兴的时候也听,让忧伤
由两个变成一个
或者,让音乐变成一条河
去浇灌你的田野;或者
让音乐变成一条船
载去我的寄托

一切都融在音乐里
像风,带动着岁月

冰虹,本名宋红霞。中国作家协会会员。现在曲阜师范大学工作。

自从遇见你

/ 冰洁

遇见你就像遇见花开十里
我的心扉　只为你开启
愿以三春绿挽你白纱衣
一座座山留下我们的足迹

遇见你就像遇见雨后彩虹
我的目光　只为你聚集
愿以三冬暖等你赴归期
一道道水留下我们的影子

自从遇见你
你在我梦里　我在你梦里
你的眼神拥抱着我
我的笑容依偎着你
烂漫世界　满是欢喜

自从遇见你
你在我心里　我在你心里
爱的海洋欢歌笑语
爱的天地晴空万里
世界万物　都不及你

冰洁，词人、诗人。湖南祁东人。现居北京。

我们回家吧

/ 白爱琴

亲爱的,离开了三个月仿佛已一辈子那么长
我已记不清回家路上那棵白杨树的高度记不清拐弯
　处那只流浪狗
怎样觍着脸跟在我的身后
记不清靠着书柜的橡皮树周身的闲适

亲爱的,那杯茶还在原处吗
茶里的故事和电视里的喜剧同时上演
如今,茶在两边故事在两边
隔着一百多公里长的夜
不远也不近

亲爱的,一杯茶的意义
在于失眠向更深的失眠跌去
第一个失眠在夜的左边
第二个失眠在夜的右边
总是在夜的眼睛里
历数绵羊和你的好

亲爱的,今天七月初七
西北风三至四级
多云转晴
适宜饭后散步、拌嘴吵架

我走在秋天的路上
想着回家的那匹马

白爱琴,又名白爱青、爱青。内蒙古诗人。现居阿拉善。

等

/ 白恩杰

把耳朵竖成醒着的门
等待你的足音
掉在地上的夕阳
被路过的小孩捡去了
冒着热气的希望
被归巢的麻雀叼走了
长尾巴的流星
斜着身子从天空划过
你说过要放飞双脚
与晚霞同行
你说过我张开的臂膀永远是你的驿站
你说过那幅水彩画
还待我们精心地点染

白恩杰,山西人。中国诗歌学会会员,《天涯》诗刊主编。

平凡

/ 包夏亮

我想和你浪费一个下午,
去看看云,
不用说话,
有风就好,
就像第一次见面,
我们沉默不语,
一切却从那时变得新鲜。

我想和你浪费一个夜晚,
去数窗外晚归的脚步声,
不用说话,
路灯昏暗,
就像第一次见面,
我们彼此微笑,
一切却从那时变得有趣。

包夏亮,土家族。湖南省湘西州古丈县作家协会副主席兼秘书长。

等一场爱,破土而出

/ 北琪

我从地中海,跋山涉水
抵达伊犁河谷
走过西汉、魏晋和隋唐
耗尽一生的笔墨,写成
爱你的诗篇

三根香烛都已燃尽
我还是没有勇气说出,那句肺腑之言
薰衣草的爱情,如果注定
只是路过
我便把想你的波澜
隐藏在坚冰之下

高贵的紫,已等成
惨淡的灰和白
这是我唯一能握住你的季节
我把它写意成一缕春风
制造漫天的诗意

一定为你预留一场盛放
如果你,一开口
就喊出我的名字

北琪,中国诗歌学会会员,内蒙古作家协会会员,兴安盟文艺评论家协会副主席。

七夕

/ 边海云

采一朵梦给你
采一朵梦,给时间
波浪只要少许,就能冲击秋天的心

鹊桥的翅羽,则需要许多
当忧伤飞舞成一片星星时
你的微笑就到了
我仰脸,看今夜的银河
而你,在看着我吗?

这人间烟火,从无边的寂静里升起
一琴,一酒,一良人
我拨出一个高音,把脸高高仰起
而你,正在看着我吗?

边海云,山西大同人。中国诗歌学会会员。

五月

/ 布非步

我决定提着灯去看你
装满所有羞怯的眼睛
你知道我习惯了被动
只有在你的主动中我才能感觉
自己是被五月炽热地爱着
譬如一尾放生了的鱼
我等待树荫里的蝉鸣
水一样漫过我的身体

布非步，中国当代女诗人。现居广州与北京。

祝福

/ 布木布泰

我知道，这个日子
快乐的人不是你，失落的人也不是你
但我希望你是健康的，自由的
我们同居于尘世的辉光里，
似乎体察不到身体里还藏有多少温存，多少风雪
更不知道，彼此间的回应需要更理智地割舍满江渔火
隔着漫长的水岸，看见这株兰草开出的花朵了吗
在这冬天是它传递给我丝丝希望
而今天，我不知道你是否会默默许下心愿
手握烛火的人，哪一种祝福
会扇动你心底的微澜
希望你告诉我，温暖的答案

布木布泰，诗人、画家、编剧。科尔沁草原人，蒙古族血统，中国作家协会会员。

你从天边
海蓝色的麦田
走过我寒旱的荒凉之梦

打翻的蜜罐

/ 陈映霞

从这个口岸出发
拨开如鱼的人群
我游向你
多么奇妙的旅程!

你在云端的高楼里
静候多时
等一位丰腴的女人
她无须年轻,无须妖娆
只要她带来消困解乏的故事

两杯咖啡
换来的是两团火焰

从看见的第一眼
我们打翻了高处的蜜罐

那黏糊糊的甜
弥漫了许多岁月

陈映霞,又名陈小曼。广东省作家协会会员。

星光谣

/ 陈新文

群星闪耀之时
玫瑰在你的左边

我们在光中互相倾慕
万物随风生长

多么古老而新鲜的尘世
所有美好都次第开花

把一首歌唱到星光熄灭
风渐起
爱延续
露珠叮当

陈新文,湖南文艺出版社社长,湖南省诗歌学会副会长。

雾

/ 蔡天新

没有影子
没有回声
没有逆光
我们反倒羞怯了

又仿佛一切裸露着
你我之间

握握手
就像第一次遇见

蔡天新，浙江台州人。山东大学理学博士，浙江大学数学学院教授。

大风歌

/ 曹谁

大风从远方吹来
穿过整个大陆
一块块土地次第翻起
在我们的面前停下
大风吹起你的发丝
我们的嘴唇穿过发丝相接
在这茫茫的人世
我们相爱多么不易
我们在生和死的边际奔跑
我们仰面对着星空说
任百世千劫的大风吹过
生在一起,死在一起

曹谁,作家、诗人、剧作家、翻译家。北京师范大学文学硕士。《大诗刊》主编。现居北京与西宁。

冬天里的童话

/ 曹有云

你从天边
海蓝色的麦田
走过我寒旱的荒凉之梦

你墨葡萄的眼睛静默
凝望古老的星光

你手持银色的北斗长鞭
轻轻挥舞,放牧星群

你手捧词语的黄金
独自吟唱牧神不朽的夜歌

整整一个冬天
你坐在北国飘雪的木屋
纺织唯美的语言的丝绸
春天就提前来临
流水奔跑,大地花开

你一直站在春风里
你修长的乌发飘逸
你开满鲜花的裙裾飞扬
远走的天使终于一夜来临

携我走向天庭金蔷薇的海洋

从此
星空不远
童话不远
遥远的伊甸园也不再遥远

曹有云,青海省作家协会副主席,《青海湖》副主编。现居西宁。

内蒙古短歌

/ 蔡诚

踏着冰凉的草原,我们
手牵手,在内蒙古大地
深情对唱。黎明
被我们的爱染红,小河的涟漪
爱神闪烁。这相爱的地方
马儿在吃草,白云来来去去
远山披着朝霞,牧民和他们的房子
夏风吹过粗壮的胸膛。从北京来
我们的漫游,又一个崭新的一天
泥土芬芳,小鸟也在倾诉衷肠

蔡诚,江西人。中国诗歌学会会员。现居北京。

想你的时候

/ 蔡静

想你的时候
走在街上
经常错把别人的背影
认作是你

想你的时候
待在家中
时常会被一些普通的敲门声吓坏
以为你会突然而至

想你的时候
总是不经意地流露出一份思情
不自觉地生发出一声幽叹

想你的时候
看一看天上的星星
以为那闪亮的星星
就是你怀想我的眼睛

蔡静,辽宁省作家协会会员,中国寓言文学研究会会员。现居辽宁锦州。

玉龙雪山记事

/ 蔡淼

那日，你偶感风寒
我独自登上玉龙雪山
我并不着急登顶
所有的美好和想象
都是一场迟到的盛宴

一直以来
我们书信来往
日子过得很慢
就像这玉龙雪山
总有那么多固执的雪花
不动声色地爱恋着它

蔡淼，中国作家协会会员。现居新疆乌鲁木齐。

凝结心血,远涉层林尽染

/ 蔡启发

我如此用心爱你
你说你是深知在心的
包括我为你写下
每一首情诗,你也是知道
我都凝结了爱你的心血

现在,秋已深
枫叶红又暖起来了

满眼的草儿金黄捞出
稻香的音乐和喷泉

在田野上空开出的花朵
悠闲地飘着淡淡的微笑
面对人生的挑战
我唯用诗的脚步远涉
这样的层林尽染

蔡启发,中国水利作家协会会员,中国科普作家协会会员。现居浙江台州市。

爱的额外赠品

/ 曹波

在无可奈何的傍晚
将眼睛闭上以后
喝完四瓶啤酒
啤酒与啤酒
干杯
左手与右手
在暮色中
碰到

在桥的中央的一支烟
等着导火索点燃
灵魂出窍
跑出来
舞蹈
飞蛾扑朔迷离在暗夜里来回
等待心脏
拥抱爱情
制造一场美丽的
嬗变

曹波,西北大学丝绸之路国际诗歌研究中心副主任。现居西安。

葡萄随想

/ 曹丽

晚风轻抚,你交出细碎的花
体内的火焰,如一串串熟透的葡萄
热烈而又晶莹,盛满人间香甜
葡萄成熟的季节
一场瓜熟蒂落的爱情
没有辜负多情的岁月

我愿怀揣流萤、蛙鸣和成片的蒹葭
陪你从青春走到黄叶满地
时间像葡萄一样饱满
思念像葡萄架上泻下的月光

来吧,让我们在葡萄架下相逢
让光阴的白马,跨越世俗的栅栏
回到最初的纯净
认领我们爱的源头
来吧,葡萄已酿成美酒
一杯敬过去,一杯敬远方

曹丽,笔名叶子。中华诗词学会会员,洛阳市作家协会会员。《诗词文艺》主编。

你是不容错过的唯一

/ 曹卫东

你是否知道有一种等待
叫作沧桑。菩提树下
我用前世的缠绵
修来你我今生的重逢

多少次,时光的橡皮擦挥舞着
试图抹去岁月的年轮
千帆过尽,却不曾擦拭掉
这爱的印痕

为把思念盘踞在心
我用千壶浊酒,时时浇灌
醒又醉,醉复醒
只为等待你一个期许的眼神

抖落岁月的尘埃
山河依旧。我知道你已成
今生不容错过的唯一
那朵火红的玫瑰
在心的一隅,历久弥新

曹卫东,中国诗歌学会会员,上海市普陀区作家协会会员。现居上海。

生活在我的爱情世界里

/ 茶山青

我对你的爱
充满我的全世界
望望后面的路
一路都是给你的爱
瞧瞧前方的路
满路都是等待的爱
你往左转一转
摸着的是爱
你往右挪一挪
靠着的是爱
你生活在爱的世界里
要多滋润就有多滋润
要多自在就有多自在

你想看看我爱你的心
想看就看
它像一朵卷心莲花白
你层层剥到底
叶叶都是白嫩的美
不是五颜六色的花花心

茶山青，白族。中国诗歌学会会员。现居云南大理。

一天

/ 陈灿荣

一天的太阳，一升一降就完了。
一天的风，吹二十四小时就完了。
一天的云朵，聚聚散散就完了。
一天的三餐，食就完了。
一天的工作，干就完了。
一天的路程，赶就完了。
一天的你，想就没完没了。

陈灿荣，广东省作家协会会员，顺德界外诗社副社长。

年度台词

/ 陈克锋

许灵均：我是犯过错误的人
李秀芝：我们以后不犯就是了
许灵均：我这个人注定要在这儿劳动一辈子的
李秀芝：一辈子有什么不好，我陪你在这儿劳动……
我将电影《牧马人》的对白
列为年度台词
在春天，它们重新点燃了朋友圈
这片大火
无关房子车子票子面子位子
关乎的
是认定一个人
一辈子

陈克锋，山东沂南人。山东省作家协会会员，中国散文学会会员。现居北京。

喜鹊以无数的翅膀铺好一年一度的婚床

/ 陈立红

亲爱的,现在
我在青藤笼罩的夜色中
凝神谛听高高的鹊桥
悠悠遥遥的心跳,呼唤
倾听牛郎、织女
紧紧地拥抱,亲吻
和天河一样浩瀚的相思

我看见无数的喜鹊
以无数翅膀的多情
无数羽毛的柔软
铺好一年一度的婚床
把天河汹涌的波涛
铺成缀满星光摇曳的丝绸
铺成无边无际的婚床
才能接纳这无边无际的爱情

亲爱的,你也在今夜的
星光中,倾听鹊桥的欢歌么
让你我一见钟情的爱情
隔着两千里时空祝福他们
祝福牛郎和织女
祝福所有爱的等待和守候

像天河一样永恒
像喜鹊一样温柔

陈立红,河南桐柏人。现任中国青少年宫协会专职副会长。

红豆

/ 陈琼

在春天里静静结成的红豆
它并不知道自己象征什么
但是它融入一首诗的习惯由来已久
并且往往装进信封
成为千里之外故事里的内容

由此
春天被赋予红豆的颜色
以及红豆温暖的意义
关于前世精心的约定
关于今生的相遇

采撷红豆
需要动用所有的勇气
因为非同其他的事情
它事关爱情
记录了我关于你的所有历史

陈琼,青年诗人。民族学博士。四川农业大学教师。

时光不老,爱情不败

/ 陈树照

你是我的爱人
星球上离我最近的那个女人
在晨曦,在黄昏
在万水千山的路上
从青涩到熟知,从黑暗到光明
甚至隐忍虚无,这些我们都要认领
你喜欢叫你疯女人
我爱听喊我野男人
一夜春风浩荡胜过万里江山
一次泪眼转身,就能化解所有的怨恨
就这样,在我们的世界
时光不老,爱情不败

陈树照,本名陈术照。中国作家协会会员。现居黑龙江佳木斯。

情书,守候初心的镜子

/ 陈思侠

风,吹动了苇叶。像拨动爱人的心弦

青春的心事,像一面湖,有纯洁的浪花
有欢乐的飞鸟
也有和镜子一样,平静守候的初心

不要说天各一方,在泛黄的日记里
相思不是红豆,是颗颗酸楚的泪滴
不要说海誓山盟,在遗忘的眷念里
誓言不再苏醒,像风中消散的流沙

爱,被提起时,是寻常的日子
是两个人合掌,是互相的彼岸

所谓风景,是两个人走在一起的路
你有歌声召唤我,我有拥抱迎接你

陈思侠,甘肃玉门人。中国作家协会会员。酒泉市融媒体中心主任记者。

解药

/ 陈欣永

伤筋动骨的爱情
一把新鲜的草药治不了
一条旧病根

有多少潦草的挣扎写在心里
我想,一句话能相告的
就别反复说

在失意的桃树下
就别怕被一朵玫瑰比喻

玫瑰枝杆上的刺如爱情虚拟的现实
是体内录下的一声叹息

练习另一场恋爱
才是一粒疼痛的解药

陈欣永,浙江省作家协会会员。现居上海。

萤火虫

/ 陈雨吟

你，甘之如饴地承载着夜行者的责任
流窜在指尖闪亮而朴素的气息
时光给予青春绚烂的舞姿
我看见为生命旋转的轻盈
草丛中留下静谧的夜光曲
如爱笑的你，嘴角边漾开的旋涡
风的源泉，露水的静候
你是夏末的精灵

等你
在天亮前

陈雨吟，青年诗人。浙江湖州人。现居北京。

你是我的雪花

/ 陈跃军

我知道你只是一滴水,或者是
一滴眼泪,但是你却开成一朵花
一朵冰清玉洁的花,在天空飞舞
然后互相拥抱,静静地躺着
就像床上睡着了的新娘

在拉萨的这个冬天
我一直在等你、想你、喊你
但是你每次都羞羞答答
要么藏在云的后面不肯露脸
要么象征性地表示一下就草草收场

我相信你能感受到我的深情
那么就在这个春天
让我们痛快地爱一场吧
别人再怎么说我也无所谓
只要有你

陈跃军,山西芮城人。中国作家协会会员。现居西藏拉萨。

荷花还是开了

/ 程绿叶

还是没能忍住
荷花在初夏轻柔的风里开了
邻家的姑娘从木格窗里探出的脸上
露出的笑让季节更加粉嫩

荷花需要突破淤泥熬过冰封
才能回到故乡的阳光、雨水和蛙鸣
而蝴蝶只需要循着花香
就能找到梦境

水滴翻过夜的墙头
在清晨的荷叶上滚动着快乐
这些月色里散落的珠玑
多像你的窗前我轻唤的名字

程绿叶，安徽桐城人。中国作家协会会员，中国诗歌学会会员。

感受爱的滋润

/ 程旭荣

清澈无比,我们的爱情
妹妹,它正穿越青春
涌过嵌在痛苦中的河道
欢乐的浪尖上
漂浮着无际无涯的黑夜和白昼

你是我今世的情人,妹妹
我蓬勃在你爱的源头或终点
头上挂满白云和星辰
我倾听着水的温柔
时间的泡沫在脚下
时显时隐

我将自己的一切刻进你
源远流长的爱情
即使绿色的手臂
再也挥不动八面来风
即使命中注定
我孤独的行程
我依然会有一个
馨香的生命

啊！我那刻骨铭心的爱情

程旭荣，山西省长治市上党区人。现供职于晋城市融媒体中心。山西省作家协会会员。

爱情到来的路旁

/ 楚荷子

柳条　垂下裙裾
桃花　染指山谷的牙白
鸢尾踮起脚尖踩过天空

一朵半开的蔷薇
已经挤上星空的站台
欲翻越青春的围墙

我的瞳孔
薄如蝉翼

能看穿　一句诗的万紫千红
和一首词的高山流水

二十岁的清晨
我愿　以杏花为帘、梨花为月
再以昨夜被清露宠幸的那朵海棠为媒

静坐在　爱情到来的路旁

楚荷子，湖北省公安人。毕业于武汉理工大学。现居广州。

我想你,十万朵桃花同时开放

/ 葱葱

梦里,抚触你的脸
像触到春天的阳光
我们举起酒杯　生活就变成了起泡酒
轻翻回忆　踉跄的青春

风的羽毛上刻着的故事
三月里
一片桃林的心神不宁

这是想你的时刻
十万朵桃花同时开放
那些嫣红覆盖我的怯懦
我身体里聚满了星辰

寂静的等待被打破
一只鸟飞过来衔走了一枚花瓣

葱葱,青年诗人。现居四川绵阳。

在种满米兰的街角

/ 从容

在种满米兰的街角
我猛然遇见你

你深藏着我刻骨的骄傲
是无人见过的我的美丽

我爱上了你
多想让你长成一棵米兰
陪我散步

在种满米兰的街角
我们永不老去
而你却走向来时的归路

二十年后,当初的街角变成了一座剧院
只有我的阳台种满米兰
重建了那个下午
只是它更短、更窄,也更安静

从容,诗人、编剧。现居深圳。

D

她是一个静娴的少女
她知道如何爱一个爱她的人

我的恋人

/ 戴望舒

我将对你说我的恋人,
我的恋人是一个羞涩的人,
她是羞涩的,有着桃色的脸,
桃色的嘴唇,和一颗天青色的心。

她有黑色的大眼睛,
那不敢凝看我的黑色的大眼睛——
不是不敢,那是因为她是羞涩的,
而当我依在她胸头的时候,
你可以说她的眼睛是变换了颜色,
天青的颜色,她的心的颜色。

她有纤纤的手,
它会在我烦忧的时候安抚我,
她有清朗而爱娇的声音,
那是只向我说着温柔的,
温柔到销熔了我的心的话的。

她是一个静娴的少女,
她知道如何爱一个爱她的人,
但是我永远不能对你说她的名字,
因为她是一个羞涩的恋人。

戴望舒(1905—1950),浙江人。中国著名现代诗人。

三叶草

/ 大枪

爱人允许我梦见三叶草,她认为比梦见三个女人
更是男人的美德,因此我可以由着性子
热爱这种植物,一开始它把我带回中学生时代
我梦见三叶草诗社,这总比梦见初恋要圣洁
它是我精心培植的三颗太阳,直接温暖了
我蓬勃得有些早的身体,它开白色和红色的小花
我想白色和红色的少女,这些鲜为人知的事
将永远不为人知,它大面积地走进我
让我感知大面积的幸福,这是胃和眼睛的幸福
也同时让我获得灵感,我开始从一切圆的绿色的
事物上得到诗的暗示,譬如女孩子的荷叶裙
多数时候我会让这种联想从荷叶裙下走得更远
有时会把梦走完,直到完成月亮和太阳的衔接
直到它忍着分娩的痛楚,长出第四片叶子
这是痛的延伸,也是为我的成人祭献出的四维世界

大枪,江西人。四川师范大学诗歌研究中心研究员,昭通学院文学研究院研究员。《诗林》杂志特邀栏目主持人。

蜘蛛人的情诗

/ 邓涛

维系我生命的那根绳
就像你维系着我的魂灵
小妹,我就在离你天高地阔的远方

在第三十九层的高楼外
脚也悬空,头也悬空
擦洗着城市的天空,擦洗着我们暖洋洋的未来

或许,我会连同所有的回忆和期待
自由落体地砸碎
但在第三十九层和地面之间
我有足够的时间让想你的魂出窍
像一只孤独的燕子找回家的门

小妹,这座城市开着许多眼花缭乱
甚至喊不出名的花
可我怎么也嗅不出咱家菜花的香
那黄灿灿的一片
躲着我们悄悄的话

我为你把酒瓶想空,把月亮想跑
只有用我的诗歌来触摸你,我知道你
我的小妹正噙着秋天的眼泪

将村口的那条路想得悠悠，长长

现在，我正沿着那根绳孤独地往上爬
就像沿着那条路疯样地往家里赶
就像握紧你滚烫的手扑向开满菜花的田野
刨出一句又一句我们深埋的誓言

邓涛，中国作家协会会员，中国文艺评论家协会会员，南昌市文艺评论家协会主席。现居南昌。

莲池小屋

/ 段光安

晨光涌入小屋
莲藕般的爱人润花蓄蕾
把小屋漫成一方莲池
我就是那棵水草
在秋波涟漪中漾来漾去

段光安,天津人。中国作家协会会员。天津市鲁藜研究会会长。

网

/ 大连点点

雪下得紧。很紧,非常紧
紧到,一脚下去半天才能拔出来
阳光好。有冲动的好,想不顾一切活下去的好,
 想抱住什么
正好你来,笑着,自投罗网
我拽了拽这网,不大不小,像
量身定做,挺结实的

大连点点,本名姜秀莎。辽宁省作家协会会员。中国民主促进会会员。

肖像画

/ 大太阳

我想过，给你所有的一切
包括生命
你当然不会相信
就连我，对自己的想法也很吃惊
因为到目前为止
我什么都没有
连乞丐的自由都没有
我唯一能给你的
是我亲笔画的，你的肖像
我从未学过绘画
最基本的线条运用都不懂
你的美丽，成了丑小鸭
尽管如此，我依然送给你
我知道，那不仅仅是画
你的形象，早已嵌入我内心深处
哪天它突然停止跳动
你的形象，就会化成灰
画的确很差，根本不像你
你能看懂，接受，足矣
至少，我不在了
还有一幅画，证明

我曾有过
无法画出的爱

大太阳，原名林斌。中国作家协会会员，中国诗歌学会会员。现居广州。

情郎

/ 单增曲措

下雪了
我赤脚踩雪
嘎吱嘎吱
歌唱幸福
我看见一个雪人
充满微笑
雪人却看不见我
我把情郎
隐藏在雪地里
雪花偷笑
两朵雪莲花
在山顶盛开
花瓣碰了嘴唇
雪甜蜜融化
情郎快乐地离去

单增曲措,藏族。云南省作家协会会员。现居迪庆香格里拉。

春天，失眠者

/ 邓醒群

开方程，求解。X
未知数，演算方式

超出常识，答案不是
奇数，也不是偶数

一条平行线，正极
在里头，负极在另一头

春天，遇见生命中的一道题
你，终于让我成为失眠者

邓醒群，广东省紫金县公安局民警。中国作家协会会员。全国公安文联签约作家。

假如

/ 丁丁

假如　有一扇时空门
打开　就能与你品茗

假如　天涯被置换成咫尺
此岸与彼岸只隔一米

请允许我敬你一杯
月光茶
心的分身　为茶雾
心　为杯

丁丁，福建人。回族。旅居海外。

爱的收讫

/ 东方惠

你说你爱
从此开始。你爱我也爱
彼此就为对方
掏空了自己

你是梦的开始
我是梦的继续
两条心路，扭成一根长长的绳子
牵着你我，向远方走去

爱了就爱了
不问缘由，不问亏欠
不问轮回是否真实
爱就是把太阳和月亮都各分一半
爱就是在一条河里分不开彼此

你说你爱，我说我爱
当两个爱字掉进对方的嘴里
吻，就变成了盖在彼此心灵的
钢印，各自收讫

东方惠，本名吴景慧。现居吉林。

明月千里

/ 冬雪夏荷

八月桂花香窗台
明月在窗里　明月在窗外
明月千里是怒放的花海
孤寂上结满精彩
明月在想象中是一匹烈马
瞬间驰骋千里之外
哒哒的马蹄声声清脆
像风一样自由
像水一样荡漾
像云一样流淌
月光倾城
肥了灯花　瘦了望月桥
秋风在桥上微微笑
落叶随风舞蹈
你的城是不夜城
我的村庄一片安静
那飞逝的流萤是不灭的心念
犹如那一声"秋凉别忘添加衣衫"
人在中秋　心是春色烂漫
月圆在天　更在心间

冬雪夏荷，原名霍莹。河南太康县作家协会主席。中国诗歌学会会员。

幸福

/ 董进奎

一朵花蕾让我们生动如春
桃花雪飘,我们陷入得越来越深
捧起花蕾,你的脸、你的笑
渐次在我掌心绽放,芬芳怡人

相拥在旷野杨柳枝条搭建的木屋
一束花温暖了墙壁
看墙角蜘蛛织起的网
一次次捕捉,一层层涟漪

我们跨过了高山,歌唱过一丛小草
啊,那一阵风好畅快
亲爱的,我们手指相扣
从谷底搭救出了一轮崭新的月亮

董进奎,中国作家协会会员,中国诗歌学会理事。现居河南洛阳。

五月,我的爱人

/ 董喜阳

只有这样的吻,才适合点燃
并不是所有的失眠,都适合于夜晚
好像睡梦中的烟雨朦胧了赞美
我的匍匐像是儿歌中的一连串动词
三次起夜,就有三次失眠

那些睁开的眼睛会喘气
你脸颊上,我的吻痕不是明显
但真有,两只老鼠路过
成为我们长大了的证人

我的爱人,我的五月不懂
它们只是如灿烂的星辰高悬夜空
就那样载动一船的光辉
仿佛那,就是我们的幸福

董喜阳,青年诗人。吉林省作家协会会员。现居吉林长春。

我们

/ 多兰

夜色绕着河岸,夜荷
恰似许多事物的
影子
在河水中浮现出来

我们的眼睛和手脚
多么像一对蜻蜓,戏于
荷间
我藏在荷苞的阴影里
你追着我,也躲在了影子里

我们不会交谈,也不会亲吻
但是我们一飞起来
就落在月亮似圆非圆的形状里
弯曲了时间

你在对我质疑,你的所见
不是真理,而是
一束月光
你忘了,月光也是需要睡眠的
直到时间来叫醒它……

多兰,青年诗人。内蒙古作家协会会员。现居内蒙古通辽。

此刻

/ 多米

是我拥抱了你。还是我们拥抱了黑暗
发动机的面孔模糊在浸透沥青的夜中，颤抖的引擎
在寻找嘴唇。你赞美雨后清新脱俗的气质
你的感叹像露珠，远处高速路上或明或暗的车灯
在勾勒一个场景，此刻我们是观众也是演员
我们经历的每一刻都将落进黑暗
而此刻我们就被巨大的黑暗包围
摸一摸黑暗的眼睛，大鼻子
黑暗无边无际，尘世空空荡荡
伟大的拥抱！你的气息弥漫着青草，淡淡地泛起
　　忧伤
美好的时刻往往是黑夜赐予
见证者是亲爱的街灯，梧桐树叶也陶醉其中
回忆上一次，阻隔我们的可能是胃液
你用柔软测量我们的距离
我们的水面总有好听的鸟叫
它是花园，打碎黑暗

多米，本名王春平。中国作家协会会员。现居山西晋城。

窑埠街的月亮

/ 多木

高大的梧桐树，在教学楼头
蓊郁，寂静
穿过密叶的缝隙
月光漏下来，在地上
像一块块白银
你倚着墙
站在
我面前

那年，你十七岁
我十九岁
地球多少岁
不知道
月亮多少岁
也不知道

多木，本名覃昌明。广西作家协会会员。现居广西柳州。

青棱棱的西坡
种满了葡萄、西瓜
正好酝酿甜蜜的心事

寻鹤

/ 冯娜

牛羊藏在草原的阴影中
巴音布鲁克　我遇见一个养鹤的人
他有长喙一般的脖颈
断翅一般的腔调
鹤群掏空落在水面的九个太阳
他让我觉得草原应该另有模样

黄昏轻易纵容了辽阔
我等待着鹤群从他的袍袖中飞起
我祈愿天空落下另一个我
她有狭窄的脸庞　瘦细的脚踝
与养鹤人相爱　厌弃　痴缠
四野茫茫　她有一百零八种躲藏的途径
养鹤人只需一种寻找的方法：
在巴音布鲁克
被他抚摸过的鹤　都必将在夜里归巢

冯娜，云南丽江人。青年诗人。任职于中山大学。现居广州。

靠近

/ 樊子

我爱这降霜的早晨，爱它冰冷的空气，爱它
受伤的原野
当一条小溪被风吹出声响，和我一起朝一个方向
　望着
我不知道这条小溪想些什么
它会流淌在下一个夜晚，也可能静寂地折回来
带着你洁白的思念
被我重新看见

樊子，安徽寿县人。资深诗歌编辑。现居深圳。

呼伦贝尔的日落

/ 范丹花

火烧着火,
云霞不断变换
辽域无疆,
没有什么能遮挡。
往事也
如身外积存的物件,
被日光删繁就简。
我们独立于苍茫,
竟没有什么是必需?
只是走着,头顶
那抹金黄就变成紫粉色
天空容光焕发,俨然
从垂暮之年重返青涩时代。
俨然在最后时刻,
是天地一起
吐下了所有余晖。
多奇妙啊!
世界只剩下我们。

范丹花,青年诗人。江西省作家协会会员。现居南昌。

给你

/ 方雪梅

如果可以
让我成一枚音符
匿藏你怀中
在某个叶落的夜晚
轻轻歌吟
你一定听到
那首被秋风吹远的老歌吧
那首把心灵焐暖的谣曲
我已把它带回
像飘过你书房窗台的小雨
一枚音符
一枚发芽的初春
可以染绿你的内心吗
请你告诉我
那里已是绿意迷人

方雪梅，中国作家协会会员，湖南省散文诗歌学会副会长。现居长沙。

对星星诉说

/ 芳闻

青棱棱的西坡
种满了葡萄、西瓜
正好酝酿甜蜜的心事

风的手,掀开一架架葡萄
让情侣无处藏身
听七夕节的海誓山盟
被银河隔在彼岸

因为心年轻,我竟然
在葡萄架下
对星星诉说着相思
被风带得很远很远

夜深露凉,龙泉水
把一颗颗金星缀在胸前
仰望银河,我的心就漾动了
不如嚼一粒甜蜜的葡萄安神

芳闻,本名王芳闻。西北大学丝绸之路国际诗歌研究中心主任。现居西安。

七月之恋

/ 房建武

对你的思念如海,无边无垠
清晨海边一场浪漫的薄雾
恰似时光隧道里流出的甜蜜
洇湿了我一段尘封的记忆

对你的思念如潮,波涛汹涌
多年前的毕业季,我们执手相看
一枚紫叶榆的叶子落到你的头发上
叶子上密密麻麻的脉络
是我写给你的情书

对你的思念如水,奔流不息
那夜的月半弯,像家乡的小船
你穿着紫色连衣裙起舞
如同月光下的荷塘
盛开了一朵睡莲

对你的思念如影随光
小树林静谧,紫丁香发出阵阵幽香
洪家楼教堂的尖顶在你的目光里忽隐忽现

钟声响起的那一刻

我们好像听到了远方汽笛声的动人召唤

房建武,山东省作家协会会员。现任青岛海兰文化传播有限公司董事长。现居山东青岛。

爱情词典

/ 斐儿

每一寸光,都散发着淡淡的清香
小心翼翼地打开珍藏的锦囊,轻一点吧
别碰疼了思念,爱情词典里注释着浪漫

河水漫过摇荡的木桥,湿了的裙摆
忧郁地吻着水面,我站在沉默的端口
眺望字与句之间的发光的碎片

这个潮湿的夜晚,手指敲击着屏幕
像点亮的烛火,光芒使光芒重现
灯芯舔着指尖,屋外的涛声排山倒海地抒情

郁郁葱葱的绿波,蔓延在运河两岸
两片挨着的叶子,你碰我一下
我碰你一下,如含羞草一般轻轻地闭上了眼

斐儿,原名梁红满。河北省作家协会会员。现居河北涿州。

我能送你什么

/ 冯三四

我能送你什么
送一支悠悠的歌谣给你，但我的唱腔
好似缺少一根弦
我想捎一盘经典妙棋送你
但我的楚河汉界尚未划清
我想泼一幅七彩画送你，但我的颜料里
缺少最斑斓的色素
我想写一首诗送你，笔墨里
缺少平仄的抑扬顿挫

我能送你什么
欲把春天送你，但你的口袋
装不下满眼的绿色
我欲把夏天送你，但你的心怀
会被燃烧的烈阳灼伤
我欲把秋天送你，但你的爱情
抓不住纷飞的黄叶
我欲把冬天送你，但你的棉袄
裹不住呼啸的寒流

我能送你什么
我干脆把满腔热血的世界送你
让我能在你的世界里飞翔、欢愉

然后,阅读你
炽热的心跳

冯三四,中国作家协会会员,广西音乐家协会会员,南宁市作家协会副主席。现居南宁。

先走的当然随风
我随雪水,你随记忆
一万年以后我们终会相见

品味

/ 郭新民

你走入我眼睛的时候
我就想躲
躲到遥远的白桦林中
让你好找

你闯入我心中的时候
我就想飞
飞向繁星璀璨的夜空
或演牛郎或扮织女

冲一杯新鲜的咖啡
加一匙馥郁的心事
调动所有味觉
尝其中浓浓的苦
品苦中淡淡的甜

郭新民,中国作家协会会员,中国作家书画院副院长,中国诗歌学会常务理事。现居山西太原。

最后的糖果店

/ 高世现

我想开一个糖果店
心如果还是甜心
亲爱的,全店只有一枚

如果纸还能包住火,亲爱的
那么这个糖果店就能修改
这个灰烬性的人世

在这个小小的糖果店
诗人是个孤独的售货员
他的店多年来一直没人光顾
空荡荡亦如他天真的诗篇
以及我的内心,心如果还是诗心
亲爱的,揭开身体这最后的
糖衣,我的灵魂就是炮弹

洛阳当年纸贵,只够写下一首诗
诗如果还是好诗
亲爱的,全国只有一首

高世现,中国作家协会会员,佛山市作家协会主席团成员。《文化参考报》执行主编。

西宁街头

/ 甘建华

花手绢轻轻地扇动
大学的校徽别在前胸
娉娉婷婷的身姿
走在五四大街上
又优雅,又文静
城市在你的眼中闪光
世界在你的眼中闪光
而你闪光的眼神
融进了
一个南来青年的心中

那么婉约,那么纯真
内心却又那么丰盈
第一次,从你这儿知道
青海湖畔,仓央嘉措
离奇的失踪
与俗世歆羡的爱情
而你也忘不了向我发问
问及故乡的花事
问及禾苗抽穗
与青稞扬花有何不同

值得庆幸吗?

那一年,在西宁街头
五月的霏霏细雨中
我们曾有过
被一只小鸟引路
榆叶梅下短暂的幸福牵手

甘建华,湖南衡阳人。中国作家协会会员,湖南省诗歌学会理事,张家界国际旅游诗歌协会副主席。

你

/ 干海兵

在君之侧,有一根呻吟的头发
在君之侧,雪下了一夜
门上挂着前年
地上落满青鸟的翅膀

在君之侧,我留下了风衣
雪说着梦话
手感受到了空

先走的当然随风
我随雪水,你随记忆
一万年以后我们终会相见

不会再说分开了

干海兵,四川人。任职于巴金文学院。现居成都。

可不可以

/ 高金鹰

我可不可以
再走一次勒勒车的小路
再一次骑上马背
可不可以

再让你的手重重地按着我的肩
让这沙原把脚步留住
如果我握住那缰绳就好了
如果我不放你的手就好了
如果我把脚步放慢些就好了

我可不可以
成为赛汉塔拉的马莲
执拗地守着那旷野化作一片沙海
让赛汉驼铃再一次奏响
并留下久久的美妙回声

高金鹰,内蒙古作家协会会员。现居呼和浩特。

我们不要不是的爱情

/ 高伟

你是个好人　超越了可能性
我在人间实习了半辈子
只确定了这一件事
其他的皆可否定
你是我在人间惊人的消息
你是你自己不知道的美好
你的好　如果不是我来告诉你
那就是犯罪
亲爱的　如今我们活着
不要不是的自己
高仿的也不要
爱情也是　不要不是的爱情
抄袭的复印的临摹的
哪怕是得了奥斯卡奖的
亲爱的　如果不是你和我的
都是我们的赝品
喝了假酒一样

高伟，中国作家协会会员，青岛市作家协会副主席。现居青岛。

经典永恒

/ 高兴

起初 / 你似画里走出来的阆苑仙葩
我则似从诗里冒出来的美玉无瑕
曾经以为我是你的终点
纵使你如跳跃的音符
终究会缓缓流入我的心田

我们在阳光下　清甜
我们在岁月中　亲吻时光
那些流淌着的日子　定格为永恒
那些人世间的五蕴
那些你我前世的空无
不经意间
成就了今生的　经典

高兴，原名高海珍。江西上饶人。现居广东珠海。

致爱人

/ 高旭旺

我是您的病
您是我的药

我需要愈
不需要痊愈

高旭旺，河南人。《大河》诗刊主编。现居郑州。

春光明媚

/ 高作苦

大河失去了滔滔,撷取
其中一段浪花,为苏醒的时光
找到了温暖的锁骨,手里摸到的
柔软,就是春天的分水岭

春天在围墙之外,芳香流淌
情人的呢喃呵护着你
把汹涌的春光认领下来,做我
年幼的妹妹,她有歌喉明媚

她幽深的小巷,如今桃花满墙
但是她在哪里?拨弄往事的繁星
春天的鸟群总是性急的,它们一旦
把自己撒上天空,便永不回头

我不愿做你脚下的花瓣雨,情愿化身为鸟
既被霞光掩埋,亦被霞光提炼

高作苦,广西作家协会会员。《南方诗歌》主编。现居广西玉林。

春风杨柳

/ 格风

春风杨柳
牵着手
在水边拍照
我刚知道乌桕和结香
就有人说
等你长发及腰

格风,本名杜逊桂,江苏滨海人。资深媒体人。现居南京。

我爱你,像爱一颗易碎的露珠

/ 谷语

如果你爱我,那爱一定得是赤裸裸的,和金钱不沾边
因为金钱是这个世界上我最无法获取的事物
你爱我,注定没有让人羡慕的奢侈享受
但我会在冬天的黄昏为你劈柴,烧起炉火,也会
　　指给你看
风中飘飞的落叶、屋梁上的水雾和月亮拖过群山的
　　轻纱
你不必一直催我上进,要容许人生留下遗憾
是的,我是男人,但也会哭泣,你要理解我的泪水
生活太硬,我需要在你这找到柔软
如果你爱我,要爱我在光阴里慢慢老去
用悲悯的眼光注视、用怜爱的手轻抚我的皱纹和
　　白发
放心,我对你的爱是对等的,甚至更加强烈
如果你爱我,那就穿透皮囊深入骨髓地爱吧
要具体地爱,不要抽象地爱,要一分一秒地爱
要一缕炊烟一缕炊烟地爱,要用骨头来爱
事物不停改易形式,只有你的爱是我作为男人的本质
我存在着,因为你的存在
如果有上帝,我们是彼此的上帝,我们也是彼此
终其一生研究的深奥逻辑与形而上学
因为爱,天上人间都是和风吹过星子的悦耳的叮当声
亲爱的,起身吧,夜露已降到你的发梢

让我们飘浮在众生喧哗之上,静静入睡吧
如果爱,亲爱的,要精致地爱,像爱一颗易碎的
　　露珠
也要猛烈地爱,像呼啸山林的暴风雨

谷语,本名马迎春。四川省作家协会会员,甘孜州文艺评论家协会主席。现居四川康定。

国王咖啡馆

/ 顾北

国王在临近中午走进咖啡馆
哦,一杯美式,一小块慕斯,另外给我一个
靠窗舒适的座位
午后三个小时,一只形体庞大的黑熊
像烈焰下的冰,从某部分开始
缓慢融化……亲爱的
那年今日,你也是在我怀里融化为水的
那天我忘了自己的国,自己的家,自己的
子民。忘了施舍、宽恕、赋税和军机要务
亲爱的,那天我还忘了时间,只有咖啡
在手里一点一点变凉
而我的爱汹涌澎湃,终成八月的大河

顾北,本名陈世忠。2009年与友人合作创办反克诗群。现居福州。

炊烟里的家

/ 郭卿

箍几孔窑洞
添置一桌一椅一灯,几卷书
还有一个喊我小名的男人
会腌制酸白菜,会做南瓜饼
与我晨点炊烟,夜枕松风
门前种花,房顶看星星

削根竹,做支箫
吹给他一个人听
他写词,我谱曲
日子旖旎
岁月雍容

郭卿,中国诗歌学会会员,山西省作家协会会员,中国微信诗歌学会山西分会会长。现居太原。

愿意给你写封长信,不用短信,不用微信
只用笔
只用我的心,搓成一支老式的鹅毛笔

写给乌江的妹妹

/ 华万里

我不能用言辞帮助青山,也不能
用雾气遮蔽红花
我只能在你琴身的弦上,调整
流水与香氛

你抬高月亮
低下眼睫

我轻声为你哼唱,你真正的乌江
奔流在我的灵魂
你火红的杜鹃,像我梦的形状

我不对你说:回到水里
我们去跟鱼商量
我要摇落头上的词语,让你的口唇
无处可藏

我要让音符饱满在你的前胸
你的峡谷
重新行过我的古船

就是这样明朗的夜晚,就是这样
明白的夜晚

我怎能不轻抚你,不朝着你的前额
倾听销魂的涛声

多少次与幸福擦肩而过,多少次与痛苦
迎面相逢,红烟满山
月光下,我坐
不进梨花银一样的寂静

妹妹,你为何不说话?为何只在
我的指尖耍弄你的水声

华万里,重庆人。中国作家协会会员。

短信时代,愿意给你写封长信

/ 黄亚洲

愿意给你写封长信,不用短信,不用微信
只用笔
只用我的心,搓成一支老式的鹅毛笔

相信我,我柔软的心,一向有
羽毛的质地

一个字一个字,笔很慢
尽管远处街角那些短促的车笛声
一直在提醒我多用惊叹号
亲爱的,我愿意斩钉截铁
更愿意细水长流

愿意长成一部叙事史诗
里面有部落大战
有感情的长矛和日子的尸体
那里流出的每一滴血,都不掺假

愿意长成一个电视脚本
里面有三角恋爱、五角纠缠
有公主的眼泪、王子的忏悔
但是那里面的骆驼,都是终极的英雄,都拒绝
最后一根稻草

愿意营造一个很长的空间
供你我这辈子走路
或挽手，或拉扯，或推挤
总之，朝两边分开的羽毛，始终要牵着
同一支笔

总之，你要耐心看完这封信
不要轻易让羽毛，回到飞鸟身上
亲爱的，我这辈子只经营道路
经营不起天空的寂寥

黄亚洲，作家、诗人、编剧。第八届全国人大代表、第六届中国作家协会副主席。现任中国电影文学学会副会长、《诗刊》编委。现居杭州。

爱是可以历经磨难的

/ 海男

爱，不是用虚荣和喧嚣声缠绕的
如果有青藤延伸到你身边，也会有滚烫的
火。我所经历过的全部爱，都面对过波涛
金沙江曾是我的摇篮，幼年我的鞋子

被江水载走了，我没有去追那双塑料鞋
但我坐在灼热的沙滩上建立了一座古堡
当我回家时，必须走过一条碎石路
我仍然记得尖锐的石头刺痛了我的神经

爱，是可以历经磨难的，包括爱的死亡
在我的履历中我曾一次次地面对过盔甲
也面对过摇荡不息的沉船。爱，是信鸽
也是折断的翅膀，也是墙壁上的风景

海男，作家、诗人、画家。云南师范大学文学院教授。现居云南昆明。

网名

/ 海清涓

有一家小餐馆的名字
和你的网名，一模一样
每次路过川流不息的三峡广场
我总是忍不住回望

初春，进了一次小餐馆
盛夏，又进了一次小餐馆

在和你网名一样的小餐馆吃饭
叫你的网名，不必遮遮掩掩

在和你网名一样的小餐馆吃饭
想你的实名，已经成了习惯

海清涓，本名刘莉。现居重庆永川。

缘

/ 海田

谁站在我面前
我在问自己
谁向我伸出手
我能否十指相扣

我是谁　谁是我
我能看清谁
谁又能读懂我

缘站在我面前
我紧紧牵住那双手
心让我看见了自己
我跟随心去红尘漂流

缘是前世注定
也是今生引领
相认灵魂的世界
共享拥有的甜蜜

海田，中华全国青年联合会委员。中国作家协会会员。一级编剧。现居北京。

想你的时候桃花就开了

/ 海霞

每次想你的时候
桃花就一瓣一瓣地开了
那一树一树的花
在春风里
说着该说的话
说着说着
桃花就羞红了脸颊
我的心间被一瓣一瓣的桃花占满
每一朵花瓣上都写满了
你的名字
每一朵花瓣上都有一个你
你说口琴有单音双音和回音
我就想
站在你的身旁
听你
夕阳下
古道边
一声一声地吹着
声声慢

海霞,陕西诗人。现居西安。

写诗亦写你

/ 韩红岩

写诗,想你。看你
一页一页地翻动着记忆
这样的傍晚,你煮茶
煮着我们的时光

风送来满地花红
被你一一捡起
让我的诗歌布满鲜活的目光

偶尔看你,湿漉漉的眼神里
落下整个烂漫的春天

韩红岩,山东青岛市作家协会会员。

海棠之诗

/ 禾青子

愿你开得更久长一些。
因为我的那颗心,
原本也曾拥有如此张扬的个性,
像花的风姿,热烈、无畏、熠熠生辉。

虽说眼里可聚焦的美色越来越少,
尘世已不肯向我吐露更多锦绣。
我仍然愿意把这次相遇,
当作生命中最甜蜜的初见。

并继续成为那个让万物都开出花瓣的人,
累积爱的词语,以至纯的火焰,
提炼出光晕的金箔,
为你那震颤不已的凤冠镶边。

禾青子,福建省作家协会会员。现居厦门。

世界只剩下爱情

/ 何佳霖

浪泼出去的时候死海有了回声
那是在我昂起头迎向你的瞬间，生命就有了奔腾的
　迹象
你爱我有什么稀奇
当你靠近我你才真正成了你
神怎样塑造星辰就怎样塑造许许多多相爱的人
不是吗？世界只剩下爱情了，连风都没有。

何佳霖，笔名度姆洛妃。中国作家协会会员。中国香港女作家协会会长。

甜蜜的灾难

/ 何南

认识你
是我的灾难

你从何处得到的神奇
竟把我的世界改变

我的生活原本是溪流涓涓
我的思绪原本是细雨点点
认识你
涓涓细流掀起狂澜
缕缕思绪汇成河川

我的情感
原是秋风疾扫过的地方
认识你
荒芜上竟已青草芊绵

我的心
原本是枯井一眼
认识你
干涸里竟也汩汩成泉

你的名字是彩笔一管

你的温柔是画幅一卷
你的笑是微携香味的风
你的泪是最动人的天然

认识你是我甜蜜的灾难
我希望这灾难延续到永远

何南,河南周口人。作家、诗人、纪录片撰稿人。中国作家协会会员。现居北京。

玫瑰园夜景

/ 和克纯

娇嫩欲滴的红玫瑰
噙着珍珠般通灵的夜露

玫瑰散发着幽香
夜露闪烁着银辉

星星拉着月亮的手
朝着玫瑰园走来

星星和月亮的脚步
把萤火虫从梦中惊醒

萤火虫的微光
把酣睡中的蝈蝈吵醒

蝈蝈那清脆的歌声
惊起池塘一片蛙声

风生水起,草馨木香
天地人间,美奂美轮

你我牵手在玫瑰园的情景
乃是大地间最精美的杰作

和克纯,纳西族,云南丽江人。云南省作家协会会员,
云南省文艺评论家协会会员。

我告诉了你关于雪的消息

/ 贺林蝉

我告诉了你关于雪的消息
世界就变得轻盈起来

街边的灯火轻盈起来
我也轻盈起来,轻盈如影子,或者羽毛

明天我还将告诉你风向,气温
还有玉树琼花,冷冷地开在山坡上

如果雪花飘进你的诗行,爱情
也会轻盈起来,你应该把灯光调亮

留一束微光,把背影投射在白墙之上
让我们倚窗共赏,门外大雪纷飞

贺林蝉,陕西吴起人。青年诗人。现居上海。

我不要多少

/ 黑骏马

阳光多了反会灼人
我不要多少
给我一缕就够了
有一缕阳光照耀
我就可以活下来

整片的森林摩肩接踵
我不要多少
给我一片绿叶就已满足
有一片绿叶映衬
我就拥有了整个森林

春天长了会使人厌倦
我不要多少
给我三个月正好合适
有三个月的光景照耀
我就拥有完整的人生

世间有太多的绝色女子
我不要多少
给我一位就已足矣

有一位叫小夏的女子陪伴

我的一生就会完美无缺,无遗无憾

黑骏马,原名白宝良。中国诗歌学会会员,山西省作家协会会员,长治市作家协会副主席。

这个季节

/ 洪老墨

你把手伸进这个季节的深处
为我抖落满地花开的声音
洒在那没有回音的心壁上

这个季节的月光很美
如水般洒满一地
洁白如玉的声响字字入乐
踏着满是月色的小径
我们似乎又回到爱恋从前

挤在季节的窄缝里
我又听到了
你我初次互述衷肠时的心跳声
再次感受到了生命的珍贵
与爱恋的永远

这个季节
纯洁而又美好
随我的想象品尝幸福日子

洪老墨,本名刘晓彬。江西南昌人。中国作家协会会员,中国文艺评论家协会会员。

天愈黑，星愈亮

/ 胡刚毅

那天，在仙女湖上，突然
思念起你。那天，我真奢侈！
动用了一片如汪洋的茫茫云海
来思念你。那天，雾霭久久不散
那天，我就着夕阳的云彩，满天霞光
写下你的名字，在山间，在树上
在叶片上，在花瓣上，在手心里……
让三个字融进渐浓的夜色
成为星星，天愈黑星愈亮……

胡刚毅，中国作家协会会员。现任江西吉安市作家协会顾问，兼庐陵文学院院长。

情书

/ 胡建文

每一颗文字
都是你远射而来的子弹
总在孤独寂寞的时刻
心甘情愿
被你甜蜜的温柔击中

每一行话语
都是自你心尖发源的小溪
总在一个无人的角落，偷偷潜入
我把自己
游成一尾幸福的小鱼

胡建文，湖南省作家协会会员，湖南省湘西自治州作家协会副主席，《湘西文学》执行主编。

等你时

/ 胡粤泉

等你时
一分钟都是漫长的
陪着你
一生都是短暂的
而激动的心情是一场洪水
喧嚣一阵后,到处一片狼藉?

看啊!落日辉煌灿烂
临别的一吻,天与地
深深的一吻、长长的一吻
天地羞红了脸
谁挥动红手绢
久久,久久……

胡粤泉,中国散文家协会会员,江西省作家协会会员。现居江西吉安。

车过国贸桥

/ 花语

强制是没有用的
秋天设卡,阻拦,勒令
都没能阻止大风,刮过落叶的头顶
冬天三令五申
排斥,强拆,压制
都没能挡住春天
小草钻出地面

现在是寒冬,万木萧条
霓虹充当着繁荣
红灯叫停每一个想要横冲直撞的马达
嘈杂的分贝里
只有爱,是安静的

此时,北京的万家灯火
亮不过一颗想念狂奔的心
此时,机场大巴穿过国贸桥

像我在爱你的路上
蹚过的无数个来回

花语,湖北人。诗人、画家、策展人。现居北京。

天使

/ 华海

只要一闭上眼
就看见你坐在一滴水珠上

你像天使从天上来
噼啪一声,在城市钟楼的塔顶
无数水花闪闪——
那是你不沾尘埃的脸

一条细长的水线
在梦的绿叶上流
——凝成一滴晶莹的水珠
你坐在里面,沿六点钟第一缕晨光
回到我身边来

华海,原名戚华海。"生态诗歌"写作倡导者之一。现居广东清远。

彼时年少更羞涩

/ 荒林

合欢半开
樟树半青
校园半暑期
喜欢的书页长长半折
夏风吹向三八线那半边天

先有半个太阳
后有半个月亮
来不及逃走的是半个宇宙
在江畔和人论及半个地球是海水
让所有不懂的古诗都陪你听海潮

荒林，本名刘群伟。中国作家协会会员。首都师范大学出版社创意研发中心主任。

指尖情诗

/ 黄挺松

一个人最诚实的，莫过
如我未脱敏的指尖
那些由它们遗落去的
还会一辈子在找寻着你

哪怕彼此把玩手心
枯于沧桑的那一片枫叶
一旦为光线所要求
伏击我路径的掌纹随即
蔽去一路云雨的天空

直至它没落在这一首
依然羞涩着身体的诗里

黄挺松，安徽怀宁人。现居江苏昆山。

我和你

/ 惠兴文

你在榆林浇水
我在延安开花

你在我的笔尖流淌
我在你的梦里辉煌

你从大海边落下
我在高原上升起

你影响了我
我影响了整个世界

惠兴文,陕西米脂人。现任职于陕西省延安市中级人民法院。

用了世界上最轻最轻的声音,轻轻地唤你的名字每夜每夜。

你的名字

/ 纪弦

用了世界上最轻最轻的声音,
轻轻地唤你的名字每夜每夜。

写你的名字,
画你的名字,
而梦见的是你的发光的名字:

如日,如星,你的名字。
如灯,如钻石,你的名字。
如缤纷的火花,如闪电,你的名字。
如原始森林的燃烧,你的名字。

刻你的名字!
刻你的名字在树上。
刻你的名字在不凋的生命树上。
当这植物长成了参天的古木时,
啊啊,多好,多好,
你的名字也大起来。

大起来了,你的名字。

亮起来了,你的名字。

于是,轻轻轻轻轻轻地呼唤你的名字。

纪弦(1913—2013),本名路逾,河北人。中国著名现代派诗人。

回答

/ 吉狄马加

你还记得
那条通向吉勒布特的小路吗?
一个流蜜的黄昏
她对我说:
我的绣花针丢了
快来帮我寻找
(我找遍了那条小路)

你还记得
那条通向吉勒布特的小路吗?
一个沉重的黄昏
我对她说:
那深深插在我心上的
不就是你的绣花针吗
(她感动得哭了)

吉狄马加,彝族,四川大凉山人。中国作家协会诗歌委员会主任。具有广泛国际性影响的中国当代诗人。现居北京。

彩色的天空

/ 金本

我把花雨伞轻轻地撑起来,
为你撑一片彩色的天空。
彩色的天空,
不会有风、有雨;
彩色的天空,
不会有寒、有冷。

快进来,进来,
让我们的肩膀靠拢。
彩色的天空下,
是我们两个人的领土;
彩色的天空下,
不再用语言沟通。

走吧,走起来,
彩色的天空下,
隐藏着彩色的心情。

金本,本名李金本。中国作家协会会员,中国音乐家协会会员,《少年诗刊》名誉主编。现居北京。

故乡

/ 蒋德明

无论长多大　还是忘不了儿时
无忧无虑成长的地方
他乡只能收留肉身
灵魂还在故乡不肯远行
于是　我总找得出理由回去
看看老地方的旧街巷
也许一些熟悉变得陌生
但外婆家冉冉升起的炊烟
还是美丽如画
你家老宅冉冉升起的炊烟
美得像一行令我怦然心动的诗句

蒋德明，贵州人。中国作家协会会员。现居贵阳。

情史

/ 蒋兴刚

我喜欢一支写诗的笔
我喜欢一支
只为一个人写诗的笔
我把这支笔
别在胸前
给它我的体温
我相信
这灵魂之水的小火慢炖
就是一个人
爱着另一个人

蒋兴刚,浙江萧山人。中国作家协会会员。

亲爱的

/ 金指尖

亲爱的
你是燃烧我青春的太阳
永远明艳
你是我与子偕老的明月
照着窗口，吉祥万德之所集
像月色属于太阳之光
亲爱的
不要嫌弃我的表达简单、苍白、俗气
人间没有哪一种爱
有高低贵贱之分
爱就是爱，爱就是这么直接
不敢表白的人
他们的爱一定有着虚伪
如果把爱
形容成月亮是太阳掉落的牙齿
你信吗？
如果把自己
当成你前世取下的一根肋骨呢？
爱不要人喝彩
爱人只需每天最亮

金指尖，本名周剑波。四川省诗歌学会副会长，《四川诗歌》主编。

你的双瞳俘虏了我

/ 荆卓然

宋词里的牡丹开了,
邻居家的小狗笑了,
池塘里的鱼,还在美酒中沉醉。

今天,我又看到你了,
看到你的笑,绽放在我的天空。
看到你的双瞳,若雷霆般,
击中,并俘虏了我。

荆卓然,青年诗人。山西省作家协会会员,阳泉市矿区作家协会副主席。现任职于山西阳泉市矿区融媒体中心。

岸上珍稀的普氏原羚,爱的汪洋

这些精灵在阅读我们的春秋

情诗

/ 卡西

夏天，我们坐在树荫下
吃着绿豆雪糕
沐浴着凉爽的风。午后时光慵懒缓慢
如同一只可爱的黄毛沙皮
依偎在我们身边
不远处，一对小情侣正在激情相拥
多像我们当初的样子
更远的花丛中
一只蝴蝶追逐着另一只
那不是迷途，而是另一个传奇
植入物我两忘的时间
生死相依的万水千山，在永恒爱意中
扑扇着洁白透明的羽翅

卡西，本名郭龙翔。现在贵州大学工作，居贵阳。

从青海湖出发

/ 孔占伟

这些年
不时传来湖水上涨的消息
上帝秘密的花园
在奔突,暗暗地激动
精心采撷一份爱你的来由

身外之物,这看得见的魔咒,在起伏
是甜美的果实,那百倍的自信
把信仰安顿在花的世界
你的周围,涌动着鲜花的波涛

如此空旷的蔚蓝在交替
天空、牧人,海心山的佛塔
一群鸥鸟飞过
湖水陪伴的你就更加高远了

岸上珍稀的普氏原羚,爱的汪洋
这些精灵在阅读我们的春秋
春天有雪,草原藏匿在无边际的隐忍里
人间烟火里连天的孤独

你的倩影带走了连绵的群山
天地间只剩下小羊羔咩咩的叫声

孔占伟，青海作家协会副主席。

月光恋爱着海洋,
每羊恋爱着习光。

教我如何不想她

/ 刘半农

天上飘着些微云，
地上吹着些微风。
啊！
微风吹动了我的头发，
教我如何不想她？

月光恋爱着海洋，
海洋恋爱着月光。
啊！
这般蜜也似的银夜，
教我如何不想她？

水面落花慢慢流，
水底鱼儿慢慢游。
啊！
燕子你说些什么话？
教我如何不想她？

枯树在冷风里摇，
野火在暮色中烧。
啊！

西天还有些儿残霞,
教我如何不想她?

刘半农(1891—1934),江苏江阴人。文学家、语言学家与教育家。北京大学教授,新文化运动先驱。

邮吻

/ 刘大白

我不是不能用指头儿撕,
我不是不能用剪刀儿剖,
是缓缓地
轻轻地
很仔细地挑开了紫色的信唇；
我知道这信唇里面,
藏着她秘密的一吻。
从她底很郑重的折叠里,
我把那粉红色的信笺,
很郑重地展开了。
我把她很郑重地写的
一字字一行行,
一行行一字字地
很郑重地读了。
我不是爱那一角模糊的邮印,
我不是爱那幅精致的花纹,
是缓缓地
轻轻地
很仔细地揭起那绿色的邮花；

我知道这邮花背后,
藏着她秘密的一吻。

刘大白(1880—1932),浙江绍兴人。中国现代著名诗人、文学史家。

你是人间的四月天
——一句爱的赞颂

/ 林徽因

我说你是人间的四月天；
笑响点亮了四面风；轻灵
在春的光艳中交舞着变。

你是四月早天里的云烟，
黄昏吹着风的软，星子在
无意中闪，细雨点洒在花前。

那轻，那娉婷你是，鲜妍
百花的冠冕你戴着，你是
天真，庄严，你是夜夜的月圆。

雪化后那片鹅黄，你像；新鲜
初放芽的绿，你是；柔嫩喜悦
水光浮动着你梦期待中白莲。

你是一树一树的花开，是燕
在梁间呢喃，——你是爱，是暖，
是希望，你是人间的四月天！

林徽因（1904—1955），福建福州人。中国现代著名女建筑师、诗人、作家。

因为风的缘故

/ 洛夫

昨日我沿着河岸
漫步到
芦苇弯腰喝水的地方
顺便请烟囱
在天空为我写一封长长的信
潦是潦草了些
而我的心意
则明亮如你窗前的烛光
稍有暧昧之处
势所难免
因为风的缘故
此信你能否看懂并不重要
重要的是
你务必在雏菊尚未全部凋零之前
赶快发怒,或者发笑
赶快从箱子里找出我那件薄衫子
赶快对镜梳你那又黑又柔的妩媚
然后以整生的爱
点燃一盏灯
我是火

随时可能熄灭
因为风的缘故

洛夫（1928—2018），原名莫洛夫，湖南衡阳人。著名华语诗人。

雕像

/ 林雪

他们拥抱着,一个男人,一个女人
他们是两尊人形,骨骼,血肉,躯体
男人的头垂在女人胸前
女人抚着男人的头发
他们微微战栗
无瞳的眸子望着远方
冰冷的手指尖上
有看不见的箴语和雷霆

我们路过这里,一个男人,一个女人
停下来,拥抱
他的头垂在我的胸前
我抚着他的头发
我们微微战栗

他是旧的,温暖的热的
带着书卷和谷仓的气味
犹如我深爱的灵魂

我用肺腑对他深嘘了一口气
我们走下祭坛

从此我们人迹炊烟
从此我们男耕女织

林雪,祖籍山东。中国当代先锋诗歌、女性主义写作重要代表诗人之一。现居辽宁。

老虎
——写给虎年出生的爱人

/ 陆健

老虎龇牙、咆哮不算可怕

如果一只斑斓猛虎
笑眯眯地贴身
蹭过来，才真的让人
惊得变了颜色呢

武松的方法既无人道
也不讲虎道
聪明人就把它们保护起来

假如保护在家中
但那是一件让你感觉安全
的事吗？虎年快到了
虎年在三天之后

朋友，二十年前的一个夜里
就听见虎啸声了

陆健，中国传媒大学教授。中国作家协会会员。现居北京。

慢道

/ 卢卫平

道边的炮仗花慢点燃蕊的引线
没开的花慢点开
开了的花香气慢点弥漫
弥漫的香气慢点消散
一串红,二月兰,三角梅
凤凰花,格桑花,紫荆花
我一眼就看见这些花了
但我要慢点叫出它们的名字
我要让这些花多一些
久别重逢的喜悦
夕阳在远山慢点画
青山如黛的水彩画
落日的蛋黄在天空烧红的
平底锅慢点煮熟
蒲公英的降落伞慢点打开
我的头发慢点白,慢点脱落
李白的五花马千金裘
慢点换酒,朝如青丝慢点暮成雪
李清照的秋千慢点蹴罢
她的薄汗慢点轻衣透
在石椅上慢点坐下
让石头慢点感受我们的体温
石头开花点石成金的故事慢点讲

讲完故事慢点起身
让石头还有余温
就有另外的人坐下来
在观景台慢点对焦
慢点按快门慢点定格
对着谷地喊一个人的名字
回声慢点传回来
道是道路，也是说道
你在慢道上慢慢走
我在慢道上慢慢说
你走得比木心的从前慢还慢
我慢慢背诵《暮光之城》的台词
浮世三千，吾爱有三
日月与卿，日为朝，月为暮
卿为朝朝暮暮

卢卫平，湖北红安人。中国作家协会会员。广东珠海市作家协会主席。现居珠海。

江堤上

/ 林莉

一生中有多少时光容得下你和我
慢慢地漫步在江堤上,慢慢地
看落日坠进千里江水,慢慢地
用你的右手握暖我的左手,慢慢地说爱

起风了,你从背后贴近我
像一支芦苇紧挨着另一支,
像那些铺天盖地的芦花
慢慢地,慢慢地从江堤上振翅一飞

林莉,江西上饶人。中国作家协会会员。

世俗生活

/ 鲁娟

凌晨五点,黑漆漆的城市还没醒来
成千上万压抑的灵魂
暂时得到睡梦的抚慰
在黑暗的海里休憩如一朵朵睡莲

他们一旦醒来
就会从四面八方如潮水般涌向地铁
扮演小职员 A 小职员 B 小职员 C
偶尔扮成大老板 D,奔赴各自的站台
去接受命运的煎熬或恩宠

很快,我也会汇入这潮水
在茫茫人海中难以辨别
而这一秒到来之前,
我要告诉你,
我爱你,你爱我
在这世间,独一无二
愿你从这份爱中获得快乐
愿我们因此拥有与众不同的一天

鲁娟,彝族,四川大凉山人。中国作家协会会员。现居成都。

你的恩典,我的奇迹

/ 路文彬

把你在心里储存好久
今天才舍得取出
利息远远超乎我的想象
瞬间便让我成了富翁
但是仍然不敢相信
所以一遍又一遍吻你
以确认我究竟有多么富足
从你的足尖到你的发丝
我洞见了全世界的风景
从你的左手到你的右手
我跨越了天与地的距离
你使我伟大使我崇高
又使我渺小使我卑微
只为给我所有爱的教益
这是你的恩典
却是我的奇迹

路文彬,北京大学文学博士,北京语言大学教授。现居威海和北京。

亲爱的,有话跟铁说吧!

/ 李轻松

在与铁的对话中,我们显得过于生涩
摸着石头却过不了河
因为我们需要省略的过程太多

你看火焰这么高,而比火焰更高的
是今年夏天的温度。我们直奔主题
躲过那些枝枝蔓蔓的细节
躲过那一场雨。如果我们绕过去
经过背景的铺陈,那么铁就凉了
来吧,亲爱的,我有好熔炉
有什么话,就跟铁说吧!

一些铁器原本都已经生锈
一些火,变得奄奄一息
有谁还能从这锈迹里抽出锋芒
从这灰烬里抽出刀?
让我们彼此致命地痛击吧
让灰尘散落,身体露出它的本色

当铁锤在我头顶呼啸,骨骼颤抖
我以铁的身份与你相遇,与火相遇
类似一场彻底的狂欢,只是我们没戴面具
铁从来不需要面具

而你用手艺说话,用铁质说话
我终于触摸到了那坚硬、灼热的部分
我们为什么不抱着铁放声大哭?

李轻松,一级作家,职业编剧。现居沈阳。

秋水伊人

/ 李皓

只一汪秋水
便让我目睹了
爱情的整个过程

从混沌到清澈
从青翠到红润
从消瘦到丰腴
你以一枚果实的面容
泊于我视野中央

当萧瑟秋风无所不在
你是唯一的善良
当真爱雁过高天
你是最后的淑女
在水一方

采黄花缀于你梦的衣裳
插茱萸伴你登那
高过神灵的重阳
九月　你做我的新娘

李皓，中国作家协会会员。现居辽宁大连。

玫瑰的歌声

/ 李自国

四月的厢房,风雪中的王子
你盗走了谁的胭脂
竟染红漫天漫地的歌声
九百九十九朵玫瑰
九百九十九朵爱情
多少夜晚被唱得摇摇欲坠
多少房门被唱得掉了钥匙
哦,红玫瑰,白玫瑰
来自花园的亲姐妹
你是音乐的骑手,爱情的红蝴蝶
庭院深深,不露的品质
来自一千零一夜的信仰
于是歌声流行,爱情流行
你从四月,从不知名的厢房
进入我的心灵轮回四季
使我血压升高,双耳发热
每一段旋律都是爱的启程
每一朵火焰都留下刻骨铭心的回忆
翘望高枝,你带刺的手伸向何方
满身故事的奇女,终生流浪的王

那个敢用血液取暖的人
循着你的歌声,成为圣爱的明证

李自国,中国作家协会会员,中国诗歌学会理事,四川诗歌学会副会长。现居成都。

天涯海角

/ 老刀

前面是水
是泡沫沙滩
这儿空壳美丽
沙粒从风中爬起来
阳光勇敢自在
这儿没有草
只有像草的海带
和喝水的嘴唇
没有高低
也不用俯仰
这儿是自然的天堂
风吹浪打
大海在翱翔
还犹豫什么啊
迎面而来的秀发
你张开翅膀
我就随你飞扬

老刀,中国作家协会会员。现居广州。

印痕

/ 凌晓晨

一种寻觅,不间断叩问我的灵魂
是否清楚远方的目的,线索
隐藏在什么地方,时间的印痕
可以追踪到发芽的机会

窘迫如我,每次面对你的询问
我极不自然,低垂目光窥探内心
曾经狂烈的风雨,只留下沙砾
被岁月无情地压挤

但你把我冷却的爱,重新点燃
犹如一次岩浆喷发,地壳裂变
另一个我,在变质中还原
仿佛灵魂来来往往的场地,或者
大街上无人光顾的旧书摊

我搜寻前世的根源
面对你的清新,我衣兜朝天
正与时光软磨硬缠
忘却了心酸,喜悦无限

凌晓晨,中国作家协会会员,中国水利作家协会诗歌委员会主任,咸阳市诗歌学会会长。

念诗给花听

/ 刘春潮

我是个浅薄的人
用喋喋不休的情话
折磨夜晚的耳朵
我习惯了在春天里冬眠
喜欢站在高处唱歌
念诗给花听

我引起过蜜蜂的关注
月亮的侧目
当然也有风的嫉妒
如果你听见
梨花就成了我给你的情书
比一场雪还要浩荡
如果你听不见
梨花依然是我给你的情书
只不过浓缩成了一片花瓣的悲凉

我毕竟是个浅薄的人
给你的爱情像一剂药方

短短的一辈子
时效不算长

刘春潮,白族。画家、诗人。中国美术家协会会员,中国作家协会会员。

遇到

/ 兰晶

我遇到你
遇到穿梭于散萤与秋芸间的风
以及微颤的鸟
疯狂努力，唱醒白昼灰烬的光
沙埂与桔梗怒燃的荒野上
欲望的阴影正滋生无知与轻慢
每张练习谄媚的脸孔
跌落出酒辞，瞬间就腐烂
你秉白骑少年之姿，手持烛笼
照亮昏暗破败的街角

我遇到你
遇到珠贝光泽的盐粒雨
落枫搏动出一副黄蝶的翅
入夜，星球短暂遗失掉方舟
个人情史仍在世间精确运行着
你是穿透睡眠与迷魂的弦上箭
直撞进石榴爆裂的胸膛

我遇到你
遇到平行空间另一个我
玉壶的水循环流逝呀
浪费的时间多无辜

我遇到你

遇到未知命数里——不可错失的神意

兰晶，任职于新疆克拉玛依市文联。新疆作家协会会员。

时光为媒

/ 兰心

三千年前
你是宇宙之主——万王之王
人神皆知　我是你宠溺的王后
那场三界浩劫　让我们骤然离散

尔后时光　穿越十方法界
历经六道轮回　九世修行
人间劫难历尽　只为与你重逢

历尽三千年辗转
众里寻你千百度
终于，三千年后的今天
我们重逢于玉兰树下
树影婆娑诉说我们昔日的诺言
目光触及的瞬间
倒映着三千年前的你我
放映着累生累世里的找寻
红尘之上，你仍是至高无上的万王之王；
红尘里，你也是世间最好的男子。

天和地结合，白鹤做媒
太阳和月亮结合，启明星做媒
山和川结合，黄金做媒

我和你重新结合,谁来做媒?
就让三千年的时光来做媒吧
见证我们旷世的爱恋
时光为媒　天地做证
万年好合　永不离散

兰心,中英双语主持人。中国作家协会会员。东巴文化书院和兰心萨美书院创始人。

你用纸巾抹着幸福的泪水

/ 乐冰

窗外,月光在流动
所有的声音都安静下来
我们的世界里
有说不完的悄悄话

天亮了,我要学习古人
用毛笔一笔一画地给你写信
让我的白天
也停留在甜蜜的梦里

亲爱的,当我们老了
有一天,你拿出那些发黄的信件,读给我听
这一刻,我的脸一下子红起来
而你,用纸巾抹着幸福的泪水

乐冰,安徽宣城人。中国作家协会会员。海南省诗歌学会副主席。现居海南。

玉中鱼

/ 雷子

谁从时间的旷野琢出海玉
沧海眼底有凝固的鱼族
阳光下的石头枕着雪山的梦
月在浅霜里冬眠
梦抵达星际的辽阔

万年寒冰被冻成绝色的玛瑙
三千相思困在闪电中央
我将八百里奔波镌刻成蜿蜒
胭脂含蓄　玉髓娇羞
从玉中救出一条鱼的曲线
从鱼中救出一枚玉的温度
利刃的锋芒微寒　琢玉手法沉稳庄重

那撩拨众生心弦的钻石被爱神拿走
她口袋里的玉鱼已失踪
我这个不爱流泪的孩子　想哭
无人知道　我在等待玉里爱人的复苏
前世的他谦逊温润　翩若惊鸿

激流荒芜　咒语若歌

爱神允诺我　以来世的哑言为抵押
换回爱人这一生一世的自由与快乐！

―――――――――――――――
雷子，羌族。四川省作家协会会员。现居四川茂县。

陪你路过这个世界

/ 冷克明

陪你路过这个世界
白发已长成蓑草
爱的马蹄疾驰而过
往事碎片飞扬
而我心如匪石

红尘已将春天埋葬
盛夏的绿透着冷意
我握着你的手
握紧你迷茫的眼神
一起走向辽阔的苍茫

请你相信
即使道路如此漫长
我的爱仍如坚硬的手杖
会敲碎尘世的冷漠
也会将我们的明天牢牢支撑

那么走吧
我陪你路过这个世界
陪你穿越迷茫与忧伤
只要我在
这个世界就是属于你的

哪怕消失了
我们也会站成一尊
永恒的雕像

冷克明,江西修水人。《文化大视野》执行主编。现居北京。

爱情的函数关系

/ 黎权

1

早上醒来,她在四川

昨天去机场的时候
一匹布,轻易地撕成两截
像函数的曲线分割

直到深夜,我还是没有睡着
原来床单少了一大块

2

她为我做的食物
炒鸡,红烧排骨,五花肉炖芸豆
我都会吃干净

我们处理每一顿饭的函数关系
就是对应法则 f
不受其他因素的影响
所以,我们求得了肥美的值域

就像 y 是 x 的简单函数
适用于两个人,一生一世

3

骂与挨骂的函数坐标公式
包含智能洗衣机所产生的损失

男人想象智能的爱情
是可以将每件事情加以区分的
却没能察觉洗衣机无法避免
一件衣裳，会染上另一件的颜色

如果把两种语言倒进一个滚筒里
搅拌起来，即使高科技芯片
也无法将它俩剥离。只有
带颜色的水分挂在阳光下晒干后
我的身上，呈现出你的光彩
就像我俩又买了件新衣裳
风中的生活破涕为笑，安稳下来

黎权，湖南岳阳人。青岛市文艺评论家协会副主席。现居山东青岛。

占领

/ 李东海

我率领诗歌的军团
占领你那严防死守的高地
穿越你的河流与雪山
我写的每一首诗
都是一个战斗的分队
每个字
都是一名勇往直前的战士
我战斗的目标
就是俘获你高山峡谷里的那颗芳心
你所有的负隅顽抗
都是对我
坚如磐石的挑战

我让一个个文字
进入你的血脉
一首首诗歌
穿越你的心灵
让我诗歌的双唇
吻遍你柔美如丝的身子

李东海,中国作家协会会员,中国文艺评论家协会会员。现居新疆乌鲁木齐。

偷袭

/ 李冬

你的飞魂
像一只透明的黄蜂
总是乘人不备
在我的心上蜇一下
随后逃走

一个红肿的怅思
便悠悠地
隆起

李冬，燕山大学教授，城市与景观设计师。现居河北秦皇岛市。

信

/ 李继强

做些什么好呢?
我们在春天的小路
相遇。寒暄还是问暖?

久别后,你要写多少信予我
能吹开心里的花芯子
或者托月亮带个梦给我?

我还要说些什么?
我常常善变
喜欢跳跃着想一些问题
喜欢在走过的每条路上频频回头
看你。现在就是这样的

幻想。但我依旧不敢牵你的手
说些什么好呢?新燕马上飞来
你手指拂过的桃花正在吐芽
它只说这个春天过后你就会回来

李继强,新疆作家协会会员。现供职于《绿风》诗刊社。

桉树的缘

/ 李建军

一想起我和她在澳大利亚的日子
桉树就长满了我的窗前

树叶上写满她的名字
枝干上刻遍我的思念
然而,她的容颜和声音
在桉树的呼唤里缓缓消散
桉树下,留下她飞来的脚印
就像考拉,没有桉树怎能活得俏趣盎然

一想起我和她在澳大利亚的日子
桉树就移植到我的床前

窗帘舒卷,她和我
满眼也移植了异国的雨水

李建军,中国作家协会会员,中国诗歌学会会员。现居浙江台州。

晴空万里，不及心中有你

/ 李立

在高空，墨尔本那珍贵的雪
呈现在葱翠的山顶上，仿佛在等待
一阵风的经过，晶莹剔透的白
被阳光读出神曲的韵律，如入梦境
距离不曾拒绝胜景，时光不会
对赤诚置之不顾，<u>丝丝温情</u>
能将所有的向往，送至大海的怀抱
善良一定会成全我一生的等待
在万里之外的高空，突围一词悲喜交集
——晴空万里，不及心中有你

李立，当代行吟诗人，红网《李立行吟》专栏作家。现居深圳。

私寄的一封情书

/ 李振

穿过黑发的你的眼睛
我给你留过言的纸片
你微微张开的双手
都在生出翅膀

那一夜,我想你
只用一个理由

李振,山西省作家协会会员,山西灵石县作家协会副主席。

情趣

/ 梁潮

把手心放松张开　伸出窗外
晾晒以前冷清的影子
摸着口袋里誓言一样发黄的情书
自燃烧起来　一缕烟影
幻化成空气　缭绕成催眠状态
恍惚一纵身
我从阳台跳入心底
萌发出美丽异常的蠢动
随后抛撒
散落在床沿的袜子
以及比情话还要老套的背心

梁潮，广西师范大学文学院新诗创作与研究中心主任。现居桂林。

邮你,一场梦雨

/ 梁琳筠

近日的一场梅雨
下绿了我的整个梦里
西北角最浓翠的一隅
是专程为你留着,写诗的笺野

在你的脚步即将踏入的一瞬息
袅娜的花儿一寸寸地欢喜
簇拥的叶儿一隅隅地活跃
头顶的云霞与风
在你凝眸回首的目光里高蹈
身边的飞鸟与蝉
在你去来穿行的背影里浅唱

昨夜的一场雨下在了我的怀里
依然还带着出发时
淡淡的青涩,娇羞的妩媚
尽管,晚春的绿已浓凝成痣
宛在雨的掌心,泡成了夜的背影

晨里的早雀,把湿阶上的残霞
一瓣瓣捡起,一瓣瓣寄给东风
爱的巧手哟,再打包邮寄给星月与你

北辰的微光,在四邻醒来前
早早地爬到我的窗棂边上
只为守候轮渡了几个世纪的爱情

梁琳筠,羌族,青年诗人。现居成都。

酢浆草

/ 梁潇霏

你，有着丰富语言的人
可以用原野的风声说话
可以用任何一种树枝写字
可以用不同的花朵表达
你却只对我说所有人都会说的三个字
"我想你"

每天你都把它们做成三片叶子
送给我
我像是收到了世间最好的礼物
但只是回响在沉默的更深处

简单的心思
才开最美的花
而我连花儿都不想回赠
我给你的仅仅多了一瓣儿
那是酢浆草的四片叶子
"我也想你"

梁潇霏，一级导演。诗人、词作人。中国作家协会会员。现居哈尔滨。

三角梅

/ 廖志理

大海是从三角梅里溢出来的
那时三角梅正在做梦
我还没有醒来

打开窗
我望着大海
大海却还在梦中颤动

你望着我
像三角梅
望着它的大海……

廖志理,一级作家。湖南省诗歌学会名誉副会长,娄底市作家协会主席。

沉默交谈

/ 林馥娜

一切是那么不可言说
当你让我说出

饱含以你为核的痛苦与幸福
一颗珍珠的丰盈如何诉说

海湾的潮汛
属于我们的浪花

耳边是贝壳与沙石
摩擦的砾砾乐章

以潮涌中真实的滚动
无限温柔地贴近

彼此幸福地私语
用心跳沉默交谈

林馥娜,广东省作家协会会员。现居广州。

秋天的阳光

/ 林海蓓

披着早晨新艳的霞光
你迎面走来
迎着我的注视
你微笑

这是我的生日
这是我一直以来等待的报偿
这是如生命之初那一天一样
是崭新的一个奇迹
一个开始

默念着对命运之神的感谢
看着霞光的幻影渐渐走近
我像初生之时那样一片迷茫
接受着这无价的馈赠

感念着命运的厚待
怀着霞光的温情
我——一语不发

阳光，在我身后成为一道长长的影子
我终于明白，
阳光，是生命深情的祝福

林海蓓，中国作家协会会员。浙江台州市冰心散文研究会会长。

《诗经》里的爱情

/ 林杰荣

仿佛从《诗经》里缓缓走来,你的身影
在蒹葭飞絮的水岸,饱蘸烟雨的相思
我渴望与你隔岸相望,手执风雅颂
穿越过唐诗的浪漫与宋词的委婉
把与子偕老的传说折成纸船,放在水面
一直漂到银河尽头,倾听,鹊桥上是否
依然回荡着死生契阔的歌谣
月光下的杨柳是拂动相思的使者
每一世桃花都盛开你灿烂的笑靥
悠悠岁月遣词了太多相知相守,我只愿
将一丝牵挂寄托在你身上,驻足水岸
不靠近,不远离
倾注半生时光,聚焦眼中的窈窕

林杰荣,浙江宁波人。浙江省作家协会会员。现任职于浙江省宁波市奉化区检察院。

春归雁荡

/ 林琳

让我们在春天出发吧
和春雁一起栖息在落日山谷
让夫妻峰的亿万年灵气
为我们的爱情加持

我们不再隔山隔水地相望
我们泗过雁湖
泗渡到彼此的心岸
那风、那月、那星,都听到
我为你高唱的情歌

我还要为你在绿叶上写诗
用雁羽作笔
然后深埋在这古老的山地
让爱意遍地生根
在秋天结出甜蜜的果实

我是你永远的歌者,我的爱人
莫错过这个春日的花期
让我们举杯,对饮醉人的甘露

今夜只有风月
没有红尘的世俗

林琳，中国音乐文学学会理事，张家界市国际旅游诗歌协会副主席。现居香港。

通往你的道路永远是春天

/ 林珊

我在天黑前开车去看你
雨水滂沱的街头
我在想
这是我们的第几次相见
这会是命运安排的
我们的第几次相见
关于未来的谶语
有一些我早已忘记
然而一些回忆
那么珍贵
通往你的道路永远是春天
通往你的道路永远是
繁花似锦的春天
一路上
雨水归于暮色
远山献出轮廓
而我爱你
像爱未融的雪

林珊,江西省作家协会会员。现居江西赣州。

这个夜晚属于我和你

/ 林萧

这个夜晚
属于我和你
我早早地把房间清扫
以孩子般的神情
等待你的到来

你的气质多么迷人
远远地便闻到了
你身上散发的香气
芬芳弥漫着
房子的每一个角落

轻轻的一个拥抱
是这个夜晚
美好的开始
你的唇饱含所有的思念
写满我幸福的脸庞

温情缠绵的夜晚
相思燃烧成透明
清晨醒来的时候

窗外的草叶上
晃动着晶莹的露珠

林萧,湖南永州人。资深媒体人。现居广东清远。

只愿与你厮守

/ 林忠成

我把果浆拧入你嘴唇
亲爱的
今生今世我只愿跟你
住在森林里的木屋
养蚕　种桑
喂养一匹名叫爱情的小马驹
浇灌那株名叫生活的植物

我把布谷鸟的叫声
做成一枚精致的纽扣
别到你胸前

林忠成，福建省作家协会会员。现居福建龙岩。

这不是我的错

/ 灵岩放歌

杨絮
漫天飞舞
这不是我的错

柳枝
拍打湖面
这不是我的错

落花
在水中飘零
这不是我的错

我
爱上你
这不是我的错

灵岩放歌，原名陈勇。中国诗歌学会会员，中国唯美诗歌原创联盟创始人。现居福州。

菊地里

/ 刘春

它们细小、纤弱,没有名字
我对它们的所有了解,只有:黄
恰如一个女孩,爱穿白色衣裙
人们就叫她雪

黄昏,奇迹在暗暗发生,奇迹
已经发生,我迷惑
一朵黄花和一束黄花,我应该选择
左边的一朵,还是右边的一束

一束花是美的,它齐整、丰满
浑身散发健康的气息
一朵花也是美的,它瘦弱、独立
更能博取人们的爱怜

夜色笼住我的脸
天空上,众多星子在书写一生的梦寐
菊花地里,我过于贪心
跟着秋风左摇右摆,舍不得离开

刘春,中国作家协会会员。现任职于广西桂林某报社。

月亮在河流之上

/ 刘功业

月轮一转,就是流年
我坐于一朵莲花
浮沉于世,只为与你相见

河水之上,天空之下
夜色里一朵桃花,如蓝色妖姬
冷对苍穹,只为与你相见

风声。潜入身体的你愈加神秘
一面魔力分割的镜子
相互守望,只为与你相见

你和我的距离,不过一个承诺
明亮的琉璃,如一枚水玉碎成星光
我伫立仰望,只为与你相见

你就摇荡河中。怎样的忘川之水
容得下岁月的濯洗和缠绵
澎湃或沉沦,只为与你相见

你就高飞在天。怎样的一座城池
哪怕埋伏了所有的杀手
我无怨无悔,只为与你相见

我用一生，面对一枚月亮
就像面对你，要付出全部的思念
那朵花儿醒了，只为与你相见

刘功业，中国作家协会会员，鲁藜研究会副会长。现居天津。

你是一株盛开的山桃花

/ 刘建锋

你是一株盛开的山桃花
夭夭在明媚温暖的阳光里
惊艳了一个男子庸常的内心
他按捺住怦怦心跳,躲过世俗的眼睛
轻轻地向你贴近,用近七百度的凸透镜
放大含情脉脉的注视。你在欢笑,面色微酡
你在言语,倾吐着亘古不变的心事
他在你芬芳的呼吸中滤去了焦灼与忧虑
使摇摆不定的意想蜕化为一种执念
他说,他日为王,必将你恩宠
赐一座锦绣未央,花魁让你独占

刘建锋,江西省永新县任弼时中学教师。

梅·众芳之上

/ 刘旭锋

百花深处
她们蜂拥而上
唯你
一再退让

夏天美得一丝不挂
吊在众芳之上

你,却深居简出
把风雪
卷成麦芒
插在我的心上

刘旭锋,四川省诗歌学会会员。现居成都。

湖与蛇

/ 刘雅阁

我的心是寂静的湖,长久地
沉默着。偶有只字片言
从远方飞来,落入湖心
激起几点涟漪。这一次
你微信发来照片:碧蓝的湖水
和一条蛇。并非美女蛇,而是
扶墙而立、闪着金光的巨蟒
象征主义,还是命运的暗示?难道
它的出现,是要将这满身的金黄鳞甲
卸下并赠予你?从而使你和它一同
完成一场彻底而华丽的蜕变。
湖水泛起波澜,如起伏的人生
载浮载沉。你的命运,再一次
握在了你的手里。而我将继续
陷入无尽的等待,不过
我需要的不是金蟒,而是
白马,一匹赤诚的白马
能够将我的湖托起

刘雅阁,青年诗人。现居北京。

你和我

/ 刘以林

八年风吹,你的脸已是钻石
再有十个八年风
高高的山上,你和我
将手扶岩石走向永恒

光芒消退,人间的任何声音
都将变成灰落入深渊
世界将停止河流和飞鸟
你我身体的灯,以及
灵魂的两根金丝
却要相照和相连
就像太阳和月亮不能落入泥土

两颗移居到时间后面的星星
一颗舍身熔化另一颗的星星
这种宿命,就是火
它蔑视休止和时间的流逝
就像春天举着桃花的血
百年之后,它也要催动

你和我的疼
这沉重、苍凉而温暖的鹰

它高飞,挟着闪电
正率领着我们穿过岁月

刘以林,行修者,作家、艺术家、旅行家。现居北京。

只有在爱的时候,时间才是饱满的

/ 龙飞宇

我们都忽视了云裳
它们装点了最美的星空

这世间嵌有美丽的光
正涉水而来

紫蝴蝶懂得丁香花的暗语
云雀在水面奔袭
我在桃花岭看日出,想着你
借一瓣桃花
打开绚丽的晨风

错落的景致选择了浓淡相宜的画图
只有在爱的时候
时间才是饱满的

龙飞宇,彝族。贵州省作家协会会员,贵州镇远县文联诗词家协会主席。

奔赴

/ 龙秀

我想与你来一场
前世约定的奔赴

去江南水乡的灯火里泛舟
去布达拉宫的佛光中祈福
去威尼斯的水域里溜达

天涯海角,任你选
我有诗与远方,你有我

龙秀,原名陈福荣。中国诗歌学会会员,西部散文学会秘书长。现居江苏连云港。

白浪滩

/ 卢悦宁

此刻,你吐紫色的泡泡
我吐粉色的泡泡

星汉灿烂的夏夜
我们不过是一对扇贝
误入此地。只知天地广阔
不知今夕何夕
在冷暖流的交汇处
你我也完成心迹的互换

万古洪荒,我们不曾有过名姓
只随无言的时间之水流经白浪滩
像是闯入甜美禁地
经受幸福的惩罚
再也不愿回去
也回不去了

卢悦宁,广西作家协会会员,广西文艺评论家协会会员。现居南宁。

行走在爱的路上

/ 鲁翰

春风漾漾
长水荡荡
从信天游的歌声里听见你的音讯
在美丽的渡口边抛锚停航
一帘幽梦的船舱,仰望
月亮的脸庞和你水晶般的目光
挂剑悬窗,把壶饮浆
悄悄耳语
我能不能就停泊于这迷幻的在水一方

月色溶溶
山霭迷茫
从巍峨的城邦上看到我心中的女王
在悬空的吊桥前勒马收缰
一路侠客的沧桑, 拜谒
石榴垒筑的高墙和我端坐的新娘

玫瑰芳香,琴醮诗行
想抱你上马背
跟我一起去驰骋

鲁翰,本名高志峰,陕西米脂人。陕西省作家协会会员,中国民间文艺家协会会员。

我在白露中渐渐绯红

/ 鲁樵

尘世浑浊,敌不过爱情当道。

当我听着蝴蝶和薰衣草调情
麻雀和一只灰白色翅膀的斑鸠
比我更早地落入花丛;

我尝试着摸索流水过河
滑过脚背的鲤鱼儿,突然生长
鹅卵石的脚趾,有些滑腻和神秘;

一只野鸭和青苔的耳语,令天空羞赧
云朵溜走,不做倒影
芦苇和荷叶,都愿意弯腰,甚至扭动;

短亭里把酒的人在沉默
舌头纠结的瞬间,打马的人已飞逝
风停留的斜坡,葳蕤的青草漫过廊檐

你果真是在转角了,我的伊人
这个尘世,除了相爱,你怎么绕得过我
爱情当道,蒹葭苍苍,我在白露中渐渐绯红。

鲁樵,本名鲁青华,湖南华容人。现居北京。

醉春

/ 路小曼

春日迟迟。树下一小口一小口地
啜饮阳光。阳光的斑点一会儿
入怀,一会儿入杯
绯红飞到面颊写下修辞
花开是你
鸟鸣也是你

桃花开在杏花上
一个媚影重叠着另一个
我叫住了风
湖面上没有折痕
翅膀扩大了它的辽阔

美好的事物都有了明亮的去处
你在我的梦里泄露了踪迹
你看。我又脸红
——这是,春天的另一个
言外之意

路小曼,中国诗歌学会会员。现居济南。

橘子红了

/ 罗晖

十月　橘子红了
海风一吹　就有一股成熟的味道

我从树上摘了一个橘子
送给了等在林子外的一个女人
女人将橘子含在嘴里

我问味道如何？
女人含笑不答
我把第二个橘子给了女人
女人不吃　而是把它埋了起来

我问为何？
女人回答：我只要一个，第二个就多余了
我的脸就迎来了春天
我知道我生命中的橘子也红了

罗晖，广西作家协会会员，《中国年度优秀诗歌选》主编。现居桂林。

自从你来了

/ 罗启晁

自从你来了
我干涸的心湖便涨满了水

我要在心湖里种荷莲
养彩色的鲤鱼和鸳鸯

我要选一个晴好的日子
和你一起坐在湖边
我们共撑一支如盖的荷叶
看并蒂的荷花
看成双成对的鲤鱼和鸳鸯

罗启晁,中国诗歌学会会员,江西省作家协会会员。

古镇梦

/ 罗雨

这是我和你的古镇
一场及时赶来的雨
把我们拦截在这庭院里
这里有朱阁绮户，楼台池榭
有雨，有风，还有堂前燕
正好可以设计一场爱情

那就让我在这雕花木窗下
为你煮青梅，酿小酒
圆一场红袖添香、举案齐眉的梦
再邀东坡先生提一阕词赶来
与我们临窗阔谈，纵横古今
窗外，雨打芭蕉，为我们伴乐
砖缝中的青苔时不时抬头
望一眼我们

那一瞬间
历史，仿佛远去，又仿佛停住
我和你的古镇
仿佛在梦中，又仿佛不是在梦中

罗雨，本名罗小凤。扬州大学教授。中国作家协会会员。

爱

/ 罗紫晨

一

多像一捧倒映了朔望的水
洒出些许，月圆便成了月缺
蟾宫里的嫦娥，抱着玉兔
走出晃晃荡荡的人间
如果吴刚伐不动幕阜山的水杉
你说，一只麻雀的叫声
是否可以抚平他的喘息

二

一棵早熟的稻穗，隐藏饱满
仿佛垂得更低，便可泯然于田野
稻田，菜地和果林，同我争夺丰腴
我的笔体不甘贫瘠
像稻草人稀薄的影子，在风中将养

三

我把整座山安放在笔尖
无数野草，灌木，风云
掏空想象，在献给你的诗篇中

还原鄂东南的绵延——
这是我一生最富饶的时候

罗紫晨，青年诗人，长江出版社编辑。现居武汉。

我愿透着寂静的朦胧 薄淡的浮纱
细听着淅淅的细雨寂寂地在檐上击打
遥对着远远吹来的空虚中的吁叹的声音
意识着一片一片地坠下的轻轻的白色的落花

落花

/ 穆木天

我愿透着寂静的朦胧　薄淡的浮纱
细听着淅淅的细雨寂寂地在檐上击打
遥对着远远吹来的空虚中的吁叹的声音
意识着一片一片地坠下的轻轻的白色的落花

落花掩住了藓苔　幽径　石块　沉沙
落花吹送来白色的幽梦到寂静的人家
落花倚着细雨的纤纤的柔婉虚虚地落下
落花印在我们唇上接吻的余香　啊　不要惊醒了她

啊　不要惊醒了她　不要惊醒了落花
任她孤独地飘荡　飘荡　飘荡　飘荡在
我们的心头　眼里　歌唱着　到处是人生的故家
啊　到底哪里是人生的故家　啊　寂寂地听着落花

妹妹　你愿意吧　我们永久地透着朦胧的浮纱
细细地深尝着白色的落花深深地坠下
你弱弱地倾依着我的胳膊　细细地听歌唱着她
　"不要忘了山巅　水涯　到处是你们的故乡　到处
　你们是落花"

穆木天（1900—1971），本名穆敬熙。曾执教于北京师范大学。中国早期象征派诗人之一。

我想要……

/ 慕白

春天里，樱花盛开的时候
我们去飞云江边喝酒，你给我唱歌
或弹琴，看江水荡漾
慢慢变绿变蓝，风是知音
群山寂静，如果刚好下起雨
你就在雨中为我舞一曲春光
赤足，白衣胜雪，不打伞
落花粘上你的裙角，翩翩跹跹
不要在意流水中的桃花
和对面山上的杜鹃，任凭她们
羡慕、嫉妒你，并恨我

慕白，原名王国侧。中国作家协会会员。首都师范大学2014年度驻校诗人。

你

/ 马丽

荷的清新如你
松的挺拔如你

暖阳如你
清风如你

你是暖
你是爱

你是流进心扉的甘泉
你是照亮沟渠的光影

你的笑容可掬
你的言语清雅

你像大哥关心小妹
你把糖塞到小妹嘴里

马丽，中央财经大学文化与传媒学院教授，北京写作学会常务理事。

也许……

/ 马培松

也许，在通往你的路上
还隔着一整片天空
也许，用尽我所有的力量
最终也只能是隔海相望
也许，你只是天边的
一道美丽的彩虹
更或许，你的出现
只是一场去来无迹的梦

就算是这样吧
我照样要感谢命运
因为，在许多个此时此刻
我所有的痛苦都是幸福

你是我的太阳星星和月亮
你是我所有的现实与想象
你使我相信
有一种爱叫牵肠挂肚
有一种美好叫不失不忘

马培松，中国作家协会会员，中国诗歌学会理事，四川省作家协会诗歌委员会副主任。现居四川绵阳。

照进彼此

/ 马文秀

在峡群寺森林公园
我们彼此相望而不语
寻找着跟我们一样的草木

仰着脸,感受肆意的光
时而聚集,时而散开
彼此抬头的一瞬
静默而美好

我们追逐太阳的影子
亦是在追逐时间
光肆意穿透身体
在身体表面闪烁
大自然这么多奇珍异宝
到底有哪一株草与我们相似?

或许,你我本是一束光
向下抓紧泥土
向上迎接太阳
能照进彼此
说明本身留有缝隙

这种缝隙是一种等待
足够一束光进入、温暖彼此

马文秀,青海人。青年诗人。中国作家协会会员。现居北京。

邦戈岛的小玩偶

/ 马晓康

日子渐渐有了温顺的眼神和体温
恰到好处,无限接近你眼泪的咸度
我们像沙滩上匆忙的螃蟹
没有人知道,我们脚下的路将是多远
(我想去南亚散散心了)

两个小人儿抱在一起,挂在杂货店门口
无论晴还是雨,他们的嘴角从未低垂过
(他们一定是从童话书里走出来的
又是谁将书遗忘在了这沸腾的生活里)
读写给玩偶的诗,有孩子的笑声传来——
多像我们熟悉的爱意,从未被风吹散过

马晓康,祖籍山东东平。青年诗人。北京师范大学文学创作专业在读博士。中国作家协会会员。

一朵桃花是我前世的娘子

/ 马晓鸣

那朵桃花是从京城长安出发的
信不信由你
曾有一首唐诗
对我们的爱情进行过报道

万树桃花
我闭上眼就能嗅出其中一朵
实不相瞒,它是我前世的娘子
春雷轰鸣的前夜,她托梦给我
"奴家就要来看望官人"

我和那朵害羞的桃花说着幸福的话儿
人间的春天被暂时晾在一旁

马晓鸣,贵州石阡人。中国作家协会会员,贵州铜仁市作家协会副主席。

祈愿帖

/ 毛江凡

在这暮色重重之夜
愿你逃离黑暗
愿黑暗放过你

愿你找到你的光芒
愿你的光芒照耀我

愿你拥有我的爱
愿爱如影随形,伴你一生

毛江凡,浙江江山人。江西省作家协会理事,南昌市诗歌学会副会长。江西日报首席记者。现居江西南昌。

等待

/ 蒙古月

阿拉善的回声
吹皱了寂静的灵魂
失落而温暖

生命　在额济纳摇曳
这不谢的奇迹
依稀可见

心跳的舒缓
呼吸的散漫
晨昏重叠
月华如烟

缥缈的唯美
盈润着精彩
点缀着　释然

寂寞穿世　此境
如挽风故去的姿颜

碰到了，就随顺
这爱　亦是敖包山
冰冻的狼毒花

穿过草原的静脉
驻守旧日的岁月

依然相信
遇见了爱
便是,遇见了自己

一切有情
皆梦皆幻
亦真亦实

蒙古月,原名宋国宏。中国文艺家杂志理事会执行主席。现居北京。

组诗：三行情诗

/ 弭节

1

暗淡的云下的雨落在水池上的圈圈，
暗淡的云下的我望着青山上的茫茫，
你是圈圈里浮现的影像和茫茫中的灯光。

2

每一年都有雨季和冬天，
就如月亮有阴晴圆缺，
就如思念在轮回辗转不歇。

3

拉面拉扯得没头没尾，
我挑起一筷子思念　再咬一口虎皮辣椒，
呛得眼泪涟涟。

4

我翻转着檀木簪子，
抚摸出篆刻的你的名字，
轻拈一缕诗灵缠绕上青丝。

5

我慢展开纸折扇子，
映眼帘素墨染的你的名字，

轻托一缕诗灵流转入手指。

6

我踩着你的足迹　你的足迹在前面指引，
微风吹过湖面，
我在桥头默默不语。

7

时光在寂静中浮现，
你的神情铺满眼帘，
转角处是我日日的牵念。

弭节，本名李洁。江西吉安市作家协会诗歌委员会秘书长，吉安职业技术学院副教授。

我的爱对你说

/ 茗乐

那些年
所有的故事
在季节里盛开
流淌青春的激情

那些年
所有的悸动
嵌入浪漫的花絮
结满秋日私语

那些年
所有的感动
映入山海湖泊
相拥千里之外的情缘

茗乐,广东珠海海韵诗社社长。

相望

/ 莫在红

我们彼此站在对面
不需要开口
看着各自在时光里的翩翩舞姿
哦,每一天都是崭新的又一天

我们的青春远离了不安分的灵魂
落在那些古老的日子里
在黑夜的深处,玫瑰依然花开

风,吹向每一片树叶
草木和山河相亲相爱
我们一样不需要滚烫的词语
永远同唱那首《因为爱情》

莫在红,供职于江苏虹桥书院。现居扬州。

春天翻开谁的扉页

/ 蓦景

阳光敲打清晨的木窗
燕子的叫声,唤醒了谁的记忆
它们合奏的请柬,共同
翻开春天的扉页

看你一眼,幸福十年
如果相遇必须典当三世的时辰
我出生那天,就已交出了
所有的赎金

星空是我今夜的花园
那些星星不言不语,不慌不忙
命里那个人儿正策马而来
星光涌动,有花要开

蓦景,贵州省作家协会会员。现居贵阳。

樱花如雪

/ 牧野

我愿化作一缕青烟
落在你的香肩之上
让四月,把这永恒的瞬间
深锁在七寸荧屏

幽居春闺的樱花林
和晶莹剔透的瑞雪
仅仅差异在季节
都是大地之魂,贵族的后裔
清秀优雅,一身傲气

听,这是花落的声音
漫天飞雪,无声无息
我愿化作一泓清水
把你的一切都融入我的骨子里
流淌千年

牧野,本名黄昌印。中国诗歌学会会员,中华文艺网总编辑。现居上海。

如一只白鹭滑动星空
你身披星光，降临我幽静的花园

你身披星光,从天而降

/ 南鸥

如一只白鹭滑动星空
你身披星光,降临我幽静的花园
眼神闪着宝石的斑斓,夜空
蓝如前世的梦境。我从前的花翎
收起骄傲,宫殿和台阶
悄悄隐去

原来你的祖母身居皇宫
头枕圣旨;原来你的血液流淌着
金陵的清晨和黄昏;原来
那些楼台庭院都是你家的花园
原来那些草坪,一直吐露
你家族的气息

你来到人间,翩跹的身姿
仿佛打开春天的翅膀。草木盛开
前世的繁花也吐露着芳香
谁守着夜空,谁就是今夜幸福的人
谁此刻写下诗篇,谁就是你
今夜的王子

南鸥,贵州诗歌学会会长,贵州当代新诗研究中心主任。现居贵阳。

青花瓷

/ 娜仁琪琪格

轻轻地旋转　在水波之上
花香席卷着春波　哦　那暖阳
绿招摇着　它的轻软与喘息
仿佛是烟雨江南

当它出现　就是一次圆满
就是一次脱胎换骨　从一朵云到一个
青花瓷　或者说
从水珠到云到青花瓷
亲爱的　请捧紧我
——我是你的青花瓷

当我喊出青花瓷
我是你的作品　是工艺　是天地的精华
向你讨要　这一生的呵护与不舍

娜仁琪琪格，原名席奎芳，蒙古族。中国作家协会会员，《诗歌风赏》主编。现居北京。

我只能被你擦亮一次

/ 宁明

我是你前世储备的火柴吗?
今生,只能为你
燃亮一次……

火柴,命中注定
没有来世,只有今生!
只有你能把我从沉睡中唤醒

也只有你,才会——
使我在燃烧中获得重生
而不是轻易地毁灭!

宁明,中国作家协会会员。辽宁省作家协会第六至第八届签约作家。现居大连。

生命里感谢有你

/ 牛国臣

也许今生有缘
命运安排我们相遇
也许有神相助
我们风雨相依
一起度过的岁月
快乐洋溢在心底

幸福让我走进你心里
共享爱情的甜蜜
也许我还不够完美
但我会不断完善自己
也许你不是最优秀的
但却是我的唯一
我的整个人生世界
因你而精彩绚丽

茫茫人海里
你的温柔让我着迷
每当我想起你
心里就充满惬意

我的爱人
生命里感谢有你

牛国臣，天津人。中国远洋海运作家协会副主席、天津分会主席，天津海韵诗社社长。

致爱人

/ 牛黄

我喜欢你是娇小的
犹如刚刚破土的幼芽
却用双臂拥抱最初的爱与阳光

我喜欢你是喧哗的
就像大海的涛声一样
呼唤出没波峰浪谷中的鲨鱼和海豹

我喜欢你是温柔的
如同草尖上的朝露悄悄地降临
然后从我的视野中消失

我喜欢你像我的诗集
永久和我在一起
让我悄悄地爱你
又悄悄地想你

牛黄,原名黄吉韬。中国作家协会会员。现居广西柳州。

爱,是最慢的动词

卖它,我要用尽余生

流水慢

/ 欧阳红苇

一条河,时常绕着我的白昼流过
许多世事我已忘记,唯独记得
你转身折花的样子,山苍子从岸边
移植在我的心里。这么久了它不曾凋零
那天你远行的时候,时光流逝多快啊
一朵花,就绚烂了别离

如今,流水越来越慢,三千弱水
取一杯饮,竟如此为难
流水从源头流过故乡需要一年
自我们分开后,思念却遥遥无期

爱,是最慢的动词
读完,我要用尽余生

欧阳红苇,原名欧阳红卫。现任职于赣州师范高等专科学校。中国诗歌学会会员,江西省作家协会会员。

高远的天穹上,有一颗紫色的星

之是我黯然一生中最明媚的童景

紫色的星

/ 彭惊宇

高远的天穹上，有一颗紫色的星
它是我黯然一生中最明媚的憧憬
多少峥嵘岁月，落寞红尘，无语沧桑
而唯有那紫色的星，能把冰封的爱唤醒

也许是在青藏高原的星空蓦然相遇
紫色的星，仿佛光明女神翩翩来临
它那清纯超凡的倩影，触动我倦怠的心灵
它紫丁香般的芬芳，留下雪域少女的温馨

这是怎样一种莫名惆怅又难以挥去的怀恋呀
紫色的星，璀璨着信念的元素，和大地的酩酊
永远不会再有倾心一握、激情相拥的时刻了
我为何还要举首仰望，为它奉献毕生的衷情

紫色的星，在那高远复又高远的天穹上闪烁
它是我内心最高的星辰，是旷世的守望魂牵梦萦
紫色的星，是你把高贵的美丽化作了光明
在那黑水苍茫的大海，你是昴星指引我的航行

彭惊宇，中国作家协会会员，中国诗歌学会常务理事。
《绿风》诗刊社长、主编。

桃花劫

/ 彭桐

我走水路,你是桃花潭
我走陆路,你是世外桃源
我的人生路,必然要遇上你

我从北国之春出发时
你已在南海之滨等候
梦里已经相会过
见面时又走进了梦里
青春在日子里闪光
命运在前世已做了安排

你的两片红唇,就是桃花的花瓣
不可避免的一场桃花劫
一劫就是一生

彭桐,安徽人。海南省作家协会副主席。海口日报社时事文体部副主任。现居海口。

你的手

/ 潘宏义

轻轻一握
便是相识
盈盈一掬
便已融化

细密的指尖
穿过剪纸跳动的花纹
抚过古琴颤抖的琴弦
在一曲《女儿情》的洞箫深处
反复擦拭着绵绵密密的心事

沿着掌间的纹路
注定有一条河
流淌的清泉
酿出一壶陈年的老酒
醉倒
我的一生

即使是在漫漫长夜
在我一次又一次跌倒
或者一次次爬起来的梦里

也总能将我
紧紧地抓住

潘宏义,云南省作家协会会员。丽江师范高等专科学校纳西学研究院副院长,丽江旅游研究所所长。

想起了你

/ 裴郁平

雪花的光芒是你明亮的眼睛
雾凇盛开在冬日的暖阳下
你俏丽的眉毛上
今夜的星星在门外轻轻拍打着

我对你的思念
让月亮走在了天街的小路上
清澈的眼睛凝视着
远方彼此存在的影子

裴郁平,中国诗歌学会会员,新疆作家协会会员。中国西部儿童文学研究会理事。现居乌鲁木齐。

轻些,再轻些
不要吵醒玫瑰
不要让泪水比空气更沉重

轻些，再轻些

/ 邱华栋

轻些，再轻些
不要吵醒玫瑰
不要让泪水比空气更沉重
轻些，再轻些
不要进入鸟巢中圣洁的安静
不要叫番红花比马蹄更冰冷
没有什么比雪融入钢铁更轻
没有什么会比你和我血液里的话更轻
没有什么会比我们的爱情更重，几乎像心一样

邱华栋，著名作家、诗人。中国作家协会书记处书记。现居北京。

和田玉

/ 祁人

当我穿越帕米尔高原
看见一只普通的和田玉玉镯
是那么地像母亲的眼睛
它的纯粹、内蕴和温润
令我怀想起遥远的故乡
想起故乡的天空下
那一丝母亲的牵挂

今生,我无法变成一棵树
在故乡永远站立在母亲身旁
当我走出南疆的戈壁与沙漠
为母亲献上这一只玉镯
朴素的玉石,如无言的诗句
就绽开在母亲的手心

如今,母亲将玉镯
戴在一个女孩的手腕
温润的玉镯辉映着母亲的笑颜
一圈圈地开放在我的眼前
戴玉镯的女孩
成了我的新娘

为什么叫作新娘?

新娘啊,是母亲将全部的爱
变作妻子的模样
从此陪伴在我的身旁

祁人,四川人。中国诗歌学会创建人之一,中国诗歌万里行总策划。现居北京。

清澈无瑕的眸子

/ 齐冬平

台风季来了　望云
漫天的白云舞动过湛蓝的天际
可有那双清澈无瑕的眸子
灵动地　在不远处凝视着我
一阵风般停靠在十月的港湾

捻着辰光游走　会说话的眸子
总是在灿烂的微笑中走远
日暮里　返景之上
我从云中取下　藏在心里
在十月温暖的港湾中陶醉

齐冬平，中国作家协会会员。中国冶金作家协会副主席。现居上海。

棕树

/ 七月椰子

你看我时,我像含羞草轻轻合拢
你缺席时,我像风中的芦苇
踮起脚尖眺望
你离开时,我不看你的背影
拂光微晓,透明的梦被夜露打湿
心还在怦怦跳。回来吧
你可曾见一棵紧抱爱情梦想的棕树
扎根西部静静等候

七月椰子,原名贾智航。中国翻译协会会员,陕西省作家协会会员。陕西宝鸡国学院副院长。

理由

/ 漆宇勤

与你重逢便是遇到另一个自己
湖边浅浅的拥抱是春风的应有之义

多么柔软的夜,因为你
像樱花和茶梅铺好了依偎之席

第一次我向春天表示感谢
感谢她赐我以流水般的美好

感谢她安排你我的相遇
为世间增加温软的理由

漆宇勤,中国作家协会会员,江西省作家协会理事。现居江西萍乡。

不能说

/ 钱轩毅

反复做一个梦,前世擎着火把的呼喊
在今生的火星子上有了回声,而我不能说

日夜找寻的,其实一直在身边
时光有序,月光太过皎洁,而我不能说

静谧的丛林在呼吸,夜幕中岩石有了心跳
为眼底的世界准备好星空、凉风和虫鸣,而我不能说

月如酒,心如杯盏,倒空又被斟满
背离的日子如我心,都泛着光,而我不能说

不能说呀,怕只怕钝器般的词语
会撞碎胸口的白瓷,倾洒出倒转的星河

将一个又一个春天封印,只为了回到低处
向一株牛筋草,索要半寸阴凉

散落的一颦一笑,依旧在我眼里开出千朵玫瑰
而我只能低下头,伪装成盲眼的蜜蜂

心疼是蜂针上的毒,也是花粉篮的蜜
如此还能用余生去默念,我不能说

钱轩毅,江西省作家协会会员,江西修水县作家协会主席。现居江西修水。

羞

/ 倩儿宝贝

你带我去雨后的湖边
看风景,垂钓
赏一池新荷

一朵朵蘑菇举着小伞
躲藏在树荫下
新鲜得
像刚刚萌芽的爱情

你拉起我的手
放在唇边,吻了又吻
这让我感到羞涩
真的
最好不要让鸟鸣撞见

倩儿宝贝,原名刘倩儿。作家、诗人、书画家、经济师、武术爱好者。

如意之果

/ 琼吉

下雨了，
你开始歌唱和恢复记忆，
褪色的脸颊在草丛里，
寻找失落的牧笛。
这天，
刚好从对面的山顶，
飞来一朵花，
落在你黄昏的额头。
这花和山顶的雪，
有着某种神秘美好的含义，
你背着牛皮桶，
须到彩虹深处，
舀清凉之水浇灌。
等过了多久，
她会结如意之果，
你应小心呵护，
稍不留意，
她便在黄昏的面纱中，
消失无踪，
从此错过，
千年难逢的机缘！

琼吉，藏族。西藏作家协会会员。现居拉萨。

日出

/ 丘树宏

在银色的沙滩
等待日出
其实就是
等你

而等你
其实就是
等爱

丘树宏,中国作家协会会员,中国音乐家协会会员。现居广东珠海。

谁与归

/ 丘文桥

路过大桥的时候
那些风都往后涌
不如钦州港一粒寂寞的沙
日夜,不管走了多久
魂不守舍的话,不管写了多少遍
感叹甚至尖叫
在荒草的叶末沉落意义非凡

微雨初歇,只是代替记录和表达
一定发生了什么
在我们意料不到,预见不了地越过身后的风景
通过她的眼神告诉辽阔来过
两只沙地里拥抱的蚂蚁驾驭了影子酿成烈酒的过程
闻过的玫瑰花香,在唇边
隔着不安的风
我抚摸到她的七月

我们微笑,转而拉起手
安静地让风吹乱头发那些笑声该长出翅膀了

在云里翻滚直至和雨融为一体我爱这些柔软的事物一如与谁归

丘文桥,广西文艺评论家协会副主席,广西民族报签约作家。现居广西南宁。

因为你，
这个千疮百孔的世界
我一直爱着。

河水又涨上来了

/ 冉冉

河水又涨上来了,
河里的灯亮了又熄。

照亮一个人的灯,
照亮一家人
外加一个客的灯,
照亮一百个街区的灯,
照亮一千个车站的灯,
都落在大河里。
河水涨上来又落下去。

映在河面上的耳朵,
那些隔着河水
贴着河水的耳朵
都听到了什么?
告诉你吧,
它们听到的
正是我将要告诉你的——
因为你,
这个千疮百孔的世界
我一直爱着。

冉冉,重庆作家协会主席,中国作家协会会员。现居重庆。

毛妹

/ 冉仲景

我想说说平原尽头这座移动的小山
说说我一个人的名胜
她并不高,仅仅158厘米
但她有挺立的峰峦
陡峭的悬崖和密不透风的森林

也许三年,也许五载,也许一生
绝壁间悬着我孤独而上的身影
从未歇息,也从未到达
不哭不歌,我有
一次一次跌入深渊的失足之恨

牵树扯藤也好扑爬跟斗也罢
一句话:攀登,是我不可更改的命运

冉仲景,土家族,重庆酉阳人。中国作家协会会员。

琴

/ 任占国

我是一张笨琴
摆在时间的角落
在一个幸运的瞬间
被你一双妙手
弹出了美妙动听的旋律
从此我配合着你
奏响了一生的幸福琴声

任占国,河北人。北京某企业负责人。现居北京。

匍匐

/ 日月念念

谁不知道活着的局限性呢？你写的诗句有限
一生所爱的人有限，说过的话有限
走过的路有限
沉迷有限，歌咏有限
断续的开落有限，心的内在有限

荒野，一排排林木后退
雪原啊，雪原。只有时间无涯，宇宙广袤
我无所从来，也无所去处
孤零零地站在这市井
从楼层高处望过去，灯火，如烟如雾

亲爱的，爱情是神圣的
我与你隔着长风
一颗干净的心，匍匐在朝圣的路上
徒有一副上好的身材啊
被时间辜负

日月念念，原名汪彩明，甘肃漳县人。中国诗歌学会会员，甘肃省作家协会会员。现居贵州。

在春天

/ 如风

我们说好的,在春天
种花种树

窗台上种兰花、绿萝、茉莉、紫薇吧
小院里种桃树、海棠、苹果树
最好还有一棵丁香
蝴蝶、蜜蜂、蜻蜓在露水之上飞来飞去
一只猫在花荫下酣睡
当然,我们还要种几样蔬菜
还要捡拾一些木柴筑篱笆
被我们圈起的小世界要天蓝云白

我们身后的荒芜
要用后半生的春风吹绿
我们体内那些雪
要用一场足够盛大的春天一寸一寸覆盖

亲爱的,我们说好的
种花种树种春天

如风,原名曾丽萍。中国作家协会会员。现居新疆。

S

我必须是你近旁的一株木棉,作为对的形象和你站在一起。

致橡树

/ 舒婷

我如果爱你——
绝不像攀援的凌霄花,
借你的高枝炫耀自己;
我如果爱你——
绝不学痴情的鸟儿,
为绿荫重复单调的歌曲;
也不止像泉源,
常年送来清凉的慰藉;
也不止像险峰,
增加你的高度,衬托你的威仪。
甚至日光,
甚至春雨。
不,这些都还不够!
我必须是你近旁的一株木棉,
作为树的形象和你站在一起。
根,紧握在地下;
叶,相触在云里。
每一阵风过,
我们都互相致意,
但没有人,
听懂我们的言语。
你有你的铜枝铁干,
像刀,像剑,也像戟;

我有我红硕的花朵,
像沉重的叹息,
又像英勇的火炬。
我们分担寒潮、风雷、霹雳;
我们共享雾霭、流岚、虹霓。
仿佛永远分离,
却又终身相依。
这才是伟大的爱情,
坚贞就在这里:
爱——
不仅爱你伟岸的身躯,
也爱你坚持的位置,
足下的土地。

舒婷,本名龚佩瑜。"朦胧诗"重要代表诗人之一。现居福建厦门。

酒

/ 食指

火红的酒浆仿佛是热血酿成,
欢乐的酒杯是盛满疯狂的热情。
如今,酒杯在我手中战栗,
波动中仍有你一双美丽的眼睛。

我已在欢乐之中沉醉,
但是为了心灵的安宁,
我还要干了这一杯,
喝尽你那一片痴情。

食指,本名郭路生。"朦胧诗"诗人。现居北京。

当暮色渐蓝

/ 萨仁图娅

当暮色渐蓝
你那里
可是新月一弯？

枕畔也有
一段怀恋
一串梦幻？

相聚，一百个温暖
别离，十万个想念
然而生命的船岂能泊在港湾！

我用心数着分离的日子
听风，总像你的手
在叩打门环……

萨仁图娅，一级作家。国际诗人笔会副主席，中国蒙古文学学会副会长。现居辽宁沈阳。

送别妹妹

/ 树才

小小的手,握紧了一生
一个亲人送别另一个亲人
比相见更温暖,更深沉

小小的手,握紧了亲人
这是失散多年的妹妹
令树木倾吐内心

让大风迎接妹妹
让雨夜送别妹妹

我站在街口。远处是妹妹
我把手挥了又挥
五月的雨下个不停

花丛甩在身后,妹妹
除了爱,你不奢望什么
哦,一朵多么美好的花
已站在树木身旁

树才,浙江奉化人。中国社会科学院外文所研究员。现居北京与杭州。

我们在春天相爱

/ 三色堇

我们的爱在春天沦陷
明月,山川,江河我都不爱
只爱我们这仓促的一生
在每一个赐福的午夜
总能看到你由远而近的闪电

它带着光芒的弧度
带着无法阻挡的决绝与深渊
这个春天因你而更加迷人
你总能在我沮丧的时候飘来歌声
总能包容我的任性与脆弱

多么希望
我是你屋后的那一株海棠
年年为你开花,夜夜为你弥香
我们的爱各有天命
我不问世事
只问一个人的道别与另一个人的相聚
是否落在每一寸肌肤上

三色堇,本名郑萍,山东人。中国作家协会会员,陕西省美术家协会会员。现居西安。

狮子座

/ 三泉

我在另一个星球思念你
这些不确定的事物,都有
短暂的追溯期
你从旷野扑来,像一个真正的狩猎者
在一本书中,在一个不成形的梦中
你是一个,又是无数个
你是草原之王,携带着少女的娇羞
我退缩,却舔舐你身上的露珠
吼叫是你的领地,沉默是你的领地
甚至洪水,也是你的领地
我爱你有多种方式
臣服是最后一种

三泉,本名闫福泉,河南卫辉人。现居贵州。

一场春雨之后

/ 桑吉格格

一场春雨之后
朝霞宠溺着柳丝
泛出淡淡青芽

风遣蒲公英
送来醒春的种子
已在泥土里悄悄萌发

你说
我们不走了
守着这片土地
听草木拔节的声音

我说
我们不走了
听着林间鸟鸣
与春天
说说悄悄话

桑吉格格，本名刘心莲。全国公安作家协会会员，中国诗歌学会会员。现居北京。

秘密

/ 上官文露

也许错过了夏天
但即使只能在冬天
我也会用力地温暖你
那些灿烂的情话
也许从来都不是一个自由的灵魂
在狂喜与安宁中的随意吟唱
而是一个痛苦的灵魂
辗转于梦境与现实之间
一种艰难的表达

爱上你
注定将是一个人孤独的朝圣
是害怕结束而永远不想开始的执念
是需要终生去练习保守的秘密

所以我打算着
我不会说出我爱你
就像一颗嫩芽
被永恒地冰封在冬天里
越是珍贵的事物
越应该悄无声息
不是吗？

那么
为了爱你
我要好好吃饭好好睡觉
除此之外
什么都不做

上官文露,作家、主持人。北京语言大学文学博士。现居辽宁沈阳。

我和你

/ 邵纯生

这个世界与你的关系就是
当你睡着了的时候,它也睡了
呼吸的频率也是一样的

与这个世界的差异在于
假如有一天你不曾出现在梦里
那我整个的夜,都是空的

邵纯生,山东高密人。中国作家协会会员。

在尼罗河默念你的名字

/ 盛华厚

我默念着你的名字坐在尼罗河畔
看着全世界牵手的男女走过我面前
有些男人耐心地为女人各种姿势拍照
有些男人向尼罗河发誓对女人说着
听不懂但意思都大同小异的誓言
他们不该在我面前秀恩爱，他们
不该以我为背景衬托他们的美满
我作为一个被爱情浸泡的诗人
一直想把心里的一个秘密写进诗里：
我很幸福我和你生活在一个地球
只需一个思念，你就来到我身边
我走到哪里，你就跟到哪里
在开罗、在卢克索、在撒哈拉沙漠
未来还会跟我去更多异国他乡
或万里波涛，或星辰大海
或那些远天之下，我迟早要去的地方
只是走向哪里，最终会回到出发地
回到我写下那三个字的石梅湾海滩
就像我从未出发，从未离开那片港湾

盛华厚，山东德州人。青年诗人、画家。华语诗歌春晚技术总监。北京密云美术家协会理事。现居北京。

因为

/ 石立新

暮春,紫云英柔软地铺陈着,
落日的余晖包裹着你和大地的身体。
因为风的触摸,江面上,涟漪转瞬即逝,
又不厌其烦地形成。一只木船,
被突突突的马达声推向彼岸,多像一个人,
因为某种不期而至的推力,而得以短暂地
离开令人烦忧的现实。草滩深处,
蜜蜂围着紫云英紫色的衣裳嗡嗡地穿梭。
江水与船舷,落日与浮云,垂钓者的背影与
青山圩内侧污水处理厂的厂区,因为你忽然降落
的笑容,而获得一种能够彼此靠近的温柔。

石立新,江西鄱阳人。中国作家协会会员,江西上饶市作家协会副主席。

花园

/ 史鑫

她的身体
由弯月樱桃莲雾构成
她有无与伦比的爱
她的根系通往大海
她的枝蔓
掩盖了自身的虚弱
迷途的春夜
我经过那里
居住了下来
成为她的园丁和病人
我种植写诗
直到等来她的日落与日出

史鑫,山东青州人。《佛山文艺》编辑。现居广东佛山。

画你

/ 瘦西鸿

首先画你的眼睛　楚楚的凝光可以穿透灵魂
幽远而来的一阵阵虚空与迷惘
只能是闪亮的一小点黑
要用大面积白色的幻想和深情
去围困那一小点的黑

再画你的唇　用两瓣未开的玫瑰
颜色要爱情的　形状要动心的
唇之间要画好一生都说不完的倾诉
再画你的手　要尽量像一根青藤
并给执着的攀缘一些依傍
最好是皎洁的月色让你环抱
好说梦话

其他的无须着墨
但纸一定要无瑕的洁白
要尽可能体现宽容　善解人意
忍受固执和一点点的小脾气
要让你站起来　像一枝荷
要画上一些微风　把你摇醒
同时要借来那只宋词中的红蜻蜓
做你随意的侍从

然后把纸翻过来　画上东篱画上南山
画上足够你享用一生的事物和情感
最关键的是要把我自己
深藏在南山脚下的茅屋里
为你煮好一生的青茶

我要用自己心上的血做颜料
还要用泪把纸烧一个洞
让你自由自在
在现实与梦境中　淡入淡出

瘦西鸿，本名郑虹。中国作家协会会员，四川省作家协会全委会委员，南充市作家协会主席。

即便是梦

/ 舒然

在梦里,和心爱的人一起
在湖边种一大片树林
养育几个孩子
像接待久别的朋友或过客

给他们梦想
告诉他们在梦里不必悲伤
即便是生离死别

不要太大声
不要打扰那一片树林
不要打扰别人的梦
像刚刚你耳边的梦呓一样

舒然,原名钟宁,江西人。新加坡知名艺术策展人、书画收藏家。现居新加坡。

被时间恩准的语言

/ 舒喆

这些天
上午是诗
下午是画
中间是药
早晨和夜晚是你

三伏天,我生病了
你的问候
从滚滚的热浪中来
或者经过烈日的炙烤
或者经过明月的修正
或者经过风与尘的试探
这些语言
多半已经不新鲜了
但是对于偏爱腌制品的我
陈年的酒
故乡的风
远处的你
都是我续命的药
更别说
年复一年被时间恩准的你的语言

舒喆,江西鄱阳人。"新江西诗派"重要成员。现居南昌。

除了彼此,我们已没有别的未来

/ 霜扣儿

胭脂也有绿色的
在红石寨,我对你说
在湿润的台阶上
我看着你的眼睛说

温软的故事从脚下开始吗?再走一步
仙境更重
我们的灰衣泛了白
仿佛本命的月色回归了亭台
月桂那样的青枝
画出了我们勾连的手指

高一脚,低一脚,迈不出怀抱
湿润的台阶越来越多了
水的珠露盛着春天
春天是个耍赖的孩子,我们被它蒙着眼睛
哎呀,哎呀

除了彼此,我们已没有别的未来

霜扣儿,原名王玮,黑龙江人。中国作家协会会员。

朕圣

/ 宋德丽

穿越山谷辽阔的水域
流淌《诗经》的光芒

朝圣的铃声昼夜敲醒着
一浪高过一浪的拍击
在悲喜交加中相遇
在故乡思念
难以抵达乡愁的潮涌
在滇西
我一直携着蓝色的梦
倾听有力的轰鸣

我眺望山谷
收藏携带魂牵梦绕
让向死而生的蓝月谷
进入我的梦想疆域
向东、向西涌动流淌感动的泪水

宋德丽,中国作家协会会员,中国诗歌学会会员。现居云南昆明。

又见桃树开花

/ 苏文田

她就站在果园里
老远就挥手招呼
片片叶子
朵朵红花
送来热情洋溢的问候

我躲进桃花的裙摆下
屏住呼吸
听她娓娓诉说
一场花雨飘然落下
捧着花瓣的手微微颤抖

阳光裹着花香
缕缕注入心房
一个春天的梦想在我骨子里驻足
满园桃树开花争妍
而她,已悄然成为我情意独钟的那一株

苏文田,福建省作家协会会员,中国楹联学会会员。厦门市民俗学会会长。现居福建厦门。

春天把我们吹出声来

/ 苏笑嫣

整个冬天　我们与植物一同沉寂
稍后春天就把我们吹出声来
三月　三只燕子　引领三轮日光
光线开放：一座玫瑰花园

空气潮湿　泥土芬芳
寂静是青绿的　凝眸是湛蓝的
你的睫毛抖动如一只蝴蝶
细小的幼苗　开始酝酿绿色的苦味

这初始的细微与青涩　就像我爱你
当明澈的光流散在你指间
我渴望以玫瑰与黄昏的语言对你倾诉
那些我难以诉诸字句的话语

而你的声音是星星下清澈的水
是春之流光中惊醒的万物的搏动
明亮在你眼睛更深的地方
简单如静水与阴影的寂静

这时间就像永不　又像永远
所有的浑浊嘈杂都隔离于此间

我们的灵魂清透明绿　飘荡如风
在世界的窗明几净之间

苏笑嫣，蒙古族，青年诗人。中国作家协会会员。北京外国语大学在读文学博士。现居北京。

南园之爱

/ 孙大顺

爱就像空楼梯
需要灰尘与脚印落下
透明是另一只翅膀
需要耐心
等待星光,递来纸条

一个坐在南园的人
乘着心底最柔软的爱恋
带着小桥流水去接你
到沙溪的倒影里生活
不识字的金风
与不能隐身的玉露

在爱的故乡相逢
那时,银河在水里
喜鹊在天上
光阴蹲在我们臂弯里

孙大顺,中国作家协会会员,中国自然资源作家协会全委会委员,安徽安庆市作家协会副主席。

白堤

/ 孙思

周围那么多人
我的世界始终沉默,
眼前晃动的是从前的你
一身清朗,眉目安详

此刻下雨了,以白堤为圆心
向远方层层蔓延

身旁空出的地方
只能取一点意象,让想象延伸

风迎面吹过,那些堤上的树
不想被追问,一起转头
面向湖水

中午雨停了,西湖已经湿透
美好的往昔,正站在云水之上

孙思,中国诗歌学会理事,上海市作家协会理事。《上海诗人》常务副主编。现居上海。

秋天的一枚印章

/ 孙永斌

相约，约定，赴约
日子每天都是秋天的样子
那一坡的风，吹着山上的石头
石头向后动了动，草就黄了

草黄之后，霞光与脚印
一前一后落在日子的台阶上
无须告白，远方的红为我而来
这一见，仿若旷世之恋

这红，是秋风追随的辽阔
这红，是献给秋野的唇
沉睡的石头被吻醒
山顶上的风呼吸急促
无法隐藏一朵花的羞涩
把一枚印章印在了心上

赴约，整个秋天都在期待
几百里的花香
让每一根草都说出爱

相见恨晚，大地的皮肤过敏了
马打着响鼻，把夕阳送过河

鹰的翅膀飞过,远方不远
这万顷之红,映照着千山的延绵
目光落处,如一汪清水蓄积的纯净之美
在你我牵手的此时,羞于表达,却又芬芳四溢

孙永斌,中国作家协会会员,内蒙古锡林郭勒盟作家协会常务副主席兼秘书长,锡林浩特市作家协会主席。

感灵寺，遇见花与你

/ 孙梓文

你的画册里，感灵寺像一部童话闪闪发光
最美的花朵，属于寺院
最欢喜的佛，安居童心

我只是一瓣散落的闲花，在寺院的泥泞里
打坐，诵经，念佛，被踩踏，误会，推搡
经历椎心的疼痛，与磨难
我接近一朵尘埃，就接近一朵完整的花骨

我必须从凋零走回盛开，从盛开走回蓓蕾
最后走回萌芽。仿佛由死向生，由终至始
就像，我只是第一次遇见你

花开见佛，所有的许愿都不能开口
似乎，唯有寂静，才能听清心上的期许
唯有缄默，才能守候所有的花开与花谢

而我只能在你的画册里，完成对感灵寺的
重建。就像，寺里的花，历经
千年的香火，历经你精心的描绘和安置

孙梓文，中国文艺评论家协会会员，中国民间文艺家协会会员，四川省作家协会会员。现居四川巴中。

我也因此有了一颗冰冻而坚硬的心
除了你,哪怕是上帝的眼泪
也不能将我融化

雪人

/ 田湘

一个人老去的方式很简单
就像站在雪中,瞬间便满头白发

没想到镜子里,有一天也下起了大雪
再也找不到往昔的模样

可我不忍老去,一直站在原地等你
我固执地等,傻傻地等
不知不觉中已变成雪人

我也因此有了一颗冰冻而坚硬的心
除了你,哪怕是上帝的眼泪
也不能将我融化

田湘,中国作家协会会员,广西作家协会副主席,广西作家协会诗歌委员会主任。现居南宁。

我用湿漉漉的语言打湿你的红唇

/ 唐成茂

春天需要一双猎人的眼睛
爱情需要贴着地皮飞翔
亲爱的　我们需要互相抚慰
用爱与温柔　孵出明天的儿孙

我们躲在春天的页面上相爱
这个春天　美丽而优雅
我有一双翅膀　飞出世俗
在云层下面和你约会
这个情节烧烫彩云
春天一点也不回避

野牛在草丛中痴迷　幸福在春风中狂舞
风带给春天潮湿的空气
我用湿漉漉的语言打湿你的红唇
亲爱的　你一抹眼泪　整个三月都在河面上动容

眼前的吊兰花蹿出火苗
碎花的裙子退出世界
亲爱的　在小城玫瑰色的小屋
诗歌贴着梦幻生长
你贴着我的身体长大成人
此后　你就是转过身子来躲我

你也躲不过我的爱情

那夜蓝色的咖啡煮着糊状的欲望
你用小勺子　搅拌火红的夜晚
你的妩媚　让我沸腾

唐成茂，中国作家协会会员，一级作家。现居深圳。

为一个成语守夜

/ 唐诗

为一个成语守夜,我们像一对鸟
坐在月光的枝条上

我们被散落的梨花清丽地包围
雾从绿色的字面浮过,我们的田野
藏在羽毛里,我们的花朵
在荆棘中赶路

我们的双肩和雨水
包含了金子和琥珀的默认

在战栗的笔画中我们也曾摇晃
在美妙的结构里
浸泡了太多的苦药和热泪

星辰抬高
小道变宽,我们守住了爱情

不知是月光太浓还是夜晚太亮
我们已由青色的双鬓
转为满头白发,我们面颊的蝴蝶
变得非常的对称
我们内心的牡丹归入了鲜艳的陪衬

灵魂万籁俱寂,唯落花响亮
为一个成语守夜
我们漆黑到天明……

唐诗,原名唐德荣。管理学博士。世界文艺家企业家交流中心理事长。

献给爱人

/ 塔里木

你是沙漠　雪山　草原
我在此周游　穿行

你是驿站　乡村　城市
我在此安居终生

你是旷野　河流　星空
我在此自由成长

你是春风　花园　阳光
我在此尽情歌唱

塔里木，本名吉利力·海利力，维吾尔族。新疆作家协会会员。现居新疆阿克苏。

棉花糖

/ 谭畅

我爱棉花糖
羞愧又甜蜜的味道呀
圆滚滚挂在天上
你的惊喜,看到吗
扭身的娇憨,小东西
知道多惹人
我爱你,爱你,爱你呀
傻不傻
谁能忍住不爱你呀
忍是忍得辛苦
嘴唇和舌尖都裹不住
居然笑!
你的小花瓣
陷下去,像个口水印
精精巧巧的
想吃又不敢
怕伤了你的饱满
缺了你的月亮
吓坏你夜里萤火虫的小树林
可你的胖嘟嘟在邀请我呀
甫降落,甫出现
像把神奇的伞
一个带漩涡的家

拥抱，不顾一切
我的呼喊
这羁绊的心啊
再见

谭畅，原名谭昶。暨南大学文学博士。广东省文艺评论家协会副秘书长，广州市女作家协会副会长。现居广州。

琴亭湖

/ 谭杰

湖边的杜鹃开始枯萎
风吹得轻缓
夜晚加深了湖水的颜色
一面乌黑的镜子
照向天空
有星星落下来
我们坐在芦苇掩映的石阶上
路灯朦朦胧胧照着我们
我们没有说话与拥抱
有过的心动
像此时的湖水
平静地舒缓地沉入夜色
只有在身旁的她
身体有点冷时
我们才又像一对恋人
牵着手
湖水跟着荡漾

谭杰,福建省作家协会会员。现居福州。

白色的菊花

/ 谭明

你是我安居的那朵白菊
三千蝴蝶
没能接近
你如雪一般亮着
我是你唯一的蜜蜂

白衣冉冉,风在盈盈细舞
蕊中的故事
若灯照夜

秋天从纸张上经过
带着满身的黄金
我为你搬运
花粉和光芒
即使落日形成句号
文字仍在路上

多么纯洁,多么不可倾斜
我在你的反照中
同样干净

谭明,重庆涪陵人。中国作家协会会员,重庆市作家协会副主席。

幸福的名字

/ 谭哲

开花的时候
就开着一朵温暖吧
给花朵取个温暖的名字
像你的手心一样温暖的名字

微笑的时候
就笑出一朵甜美吧
给笑取个甜美的名字
像你的笑一样甜美的名字

想你的时候
就幸福地想一千种你的样子
给幸福取一个名字
叫你的名字一样的名字

谭哲,湖南岳阳人。儿童文学作家、诗人。

心事如莲

/ 汤红辉

满池荷中
我是有些内向的一棵

等待多年的心事
迟迟不能释怀开放
粉红的花苞
是遇见时会红的脸

你一定要来
注定在我灼灼开放的年华之前
即使心有猛虎
也要闭目微嗅
吐气若兰
我能感受到你的心跳

这样我才会是
开得最灿烂最长久的那一朵

汤红辉,湖南省文联委员。红网文艺频道主编。现居长沙。

柔软的一天

/ 田红霞

翻开日记
扳着手指,再算一遍你的归期
摘一朵云
悄悄藏在念你的清晨与黄昏

手抚琴
任柔情的风
在南国的红豆园
轻吟

也许思念入骨
是最温暖的心语

田红霞,笔名蓝天祥云。中国诗歌学会会员,甘肃省作家协会会员,敦煌市作家协会理事。

万物因你而闪耀

/ 田暖

笑容已经稳妥,麦芒从麦穗上抽出
金色的光芒
大地的数字影院,万物闪耀

冲锋在前的总是一群咯咯欢笑的孩子
迎面走来的是一个怀孕的女人

露水从花瓣垂下昨日细碎的浪花
每天更迭的剧目和剧情
因你的到来,成为我不同的意义

万物因你,染上了所有迷恋的色泽
在每一次心跳的洋流
在灯光熄灭,时光飞逝的沼泽

万物因你而闪耀,此时万物是你
我因此张开双臂,成为
一朵想飞的花,一个奔跑的孩子

成为饱满的锋芒,成为所有
热烈和寂静,为之赴汤蹈火的理由

田暖,本名田晓琳。中国作家协会会员,山东省作家协会签约作家。现居山东兖州。

突然觉得生是如此辽阔

/ 田耘

一夜之间，一种蓬勃的力量攫住了我
一夜之间，我清除了身体里的阴霾和全部负能量

从今以后，每一条道路都铺满金色
每一片树叶的脉络都通往阳光
每一个事物的阴影部分都变得色彩明快
每一件粗糙尖利的东西都变得柔软圆润

从此以后，每一天都通往新的体验、新的发现
每一天都携带着身体里奔涌的诗意度过
每一天都在陌生的人群中发现一些善
再努力播种下一些善

这一切都只因为
我知道在人群的深处藏着一个你
随时准备好张开耳朵，倾听我文字中的声音
哪怕这声音再微不足道

从此,在人间
我要走得辽阔
写得辽阔

田耘,中国作家协会会员。河北省作家协会《诗选刊》编辑部主任。

你偶然的一个眼神
就轻而易举地
让我舒展开来

一个苹果

/ 王桂林

晚上,我从包里摸出一个苹果
是爱人临行前强行塞进去的
它被一张洁白的餐巾纸仔细包着
打开纸,干净的苹果又好看又结实

我出远门从不带多余的东西
谁不喜欢有个轻轻松松的旅途
除了香烟,书,必需的衣物
我希望只带着爱和对未知的渴念

我把苹果摆在桌上,没有吃
我端详着它,在一个人的夜晚微微发光
此时它温润了这个薄凉的夜晚
我还要让它,陪我走完剩余的旅程

王桂林,中国诗歌学会会员。现居山东东营。

偶然

/ 王霆章

你偶然的一个眼神
就轻而易举地
让我舒展开来
虽然我努力使自己闭合
像手指
你还是一瓣一瓣地
让我展开了
宛若春天
展开她第一朵玫瑰

没有人
甚至连雨水都不知道
这样偶然的眼神
萤火虫的心事

王霆章,华语诗歌春晚组委会执行主任。《中国当代知名诗人诗年历》主编。现居上海。

等你来高原

/ 王伟

一个人,一首歌,歌词埋伏重兵偷袭心情
一首诗,一段情,温柔被打包邮寄中心词

等你来高原,等你来乌图美仁
天空放飞着一只归雁
思念是根长长的线
海西草原拴住我们放飞的誓言
东风吹来彩色的青春
给梦涂一千种颜色

等你来草原,等你来花海
策马扬鞭追赶幸福围猎的明天
让我们一去不回头地走,走进诺言
在格尔木洗涤心情挂起晒干
青藏阳光给我们的爱情补钙
给你爱笑的眼睛填充明媚

等你来高原,等你来乌图美仁
等你来西宁,等你来湟水河畔

王伟,青海西宁人,中国作家协会会员。青海西宁市作家协会副秘书长。

港湾

/ 旺忘望

高温烫红心里的颜色
情绪的海拔触到朝霞
世界最准确的温暖
是在你的里面不出来

就在里面
躲过流向深渊的苦
躲过阴暗心理搭乘的游轮
也躲过舌尖上疾驰而过的咒语
在一个失眠的时代
更躲过地狱里的云彩

我就在你的里面翻转
直到你来
我就化入你

旺忘望,画家、平面设计师、诗人。中国艺术人才库评委。现居北京。

听琴

/ 吴光琛

在洁白的黧黑的琴键排列成的原野上,你纤柔的指尖,调动起风、彩霞和雷电,勾勒着我粗犷的形象和山一般的灵魂……

于是,在你的琴声中,我便成了雕塑,一尊谁也无法占有的雕像,立在你繁星一般充满幻想的心空下,和你一起,支撑着一个比蓝天更深邃的童话……

在洁白的黧黑的琴键排列成的原野上,你用纤柔的指尖告诉我,我们都是童话中的主人。

吴光琛,原名吴光深,江西永新人。著名管理学家,优势导向管理理论创始人,界外诗社社长。现居广东顺德。

潜入你的名字

/ 吴海歌

潜入你的名字,如飞蛾
我是从干柴堆里,孵化出来的
自焚于你的燃烧

我知道,你的名字被性别囚禁
无时不想到越狱
燃烧是一种形式,熄灭是另一种形式
火焰与灰烬并存
为了增添火势,把我的名字也搭上了
而且还添上许多虚名
让灰烬走起来,让火变冷

其实很多火是隐藏的,跟冷的外表不相符
比如煤。比如高粱之于酒
以及我绅士般的着装
这些看似冷静的事物
构成你名字的一笔一画
到了寒冬,我就敲下一点取暖
燃尽之后又敲下一点

而且把灰烬,也悄悄收藏起来
做成一只哨子,迎风飞鸣

吴海歌,本名吴修祥。中国作家协会会员,重庆市作家协会第二届全委会委员。《大风诗刊》主编。现居重庆永川。

爱的十四行

/ 吴硕

我爱你到绝不肯轻薄地追求，
纵然我从前的爱已随波逝去。
一年中的四个季节相互取代，
我却迟迟没有为你寻春而来。

这幽微的天道最是难量难测，
人世的礼法也使我感到烦琐。
万物为克服孤独都付出代价，
何以我固执地想和你在一起。

狂风总是使流云太快地变换，
酷热的晴天偶尔也会下暴雨，
彩虹灿烂的裙裾更难以捉摸。

但我许诺给你我的爱是星辰，
并将我积蓄着亿万年的热烈，
只分与你这片最纯净的雪花。

吴硕，布依族，贵州兴义人。现就读于北京师范大学珠海校区，主修专业为历史学，辅修汉语言文学。珠海南国凤凰诗社成员。

女儿心

/ 汪吉萍

积雪已消
这个二月,你是第一缕春风
来缠我,醉我
同时缠我和醉我的
还有女儿心,一直在散着芳香

你来了,树在摇,草也在摇
羞羞答答的,风就还原了一座花园
花园映着的天空
有一只蝴蝶,舔着露水在飞

迎风流泪
一滴一滴地落,长达整个春天
无法拒绝,大地硬了,又软了
女儿心、女儿心
将治好我所有的病

汪吉萍,江西省作家协会会员。现居江西永新。

爱人

/ 王爱红

阳光灿烂,鲜花盛开
日子多么美,多么明亮
如果我消失了,那么
一定是在找你的路上

在水中或者镜子里
留下一颗沉到湖底的石头
和破碎的玻璃
我爱过的女子
南去的孤鸿
像一道划过天空的波纹
抹去秋天的诗行
直到一片空白

我走在必经的路上
时常看到一张亲切的脸
就像我的追求,一定失去什么
这就是你的芬芳

我转身的时候,爱人
你是我最好的灵柩
盛上我空空的躯壳

多么辉煌
多么灿烂
爱人就像我的太阳
把我融化

王爱红,山东潍坊安丘人。中国作家协会会员,中国美术家协会会员,中国书法家协会会员。现居北京。

在雪上写下你的名字

/ 王爱民

在雪上写下你的名字
等着大地推演,我们陡峭的来生

拐弯的路,紧跟着拐弯的河水
经水锻造的路,骨头坚硬
潭水深处是最疼的泪水
有时候,我们也分别一阵子
像黑夜蹚过了黎明

听到了你来自远方的情话
藤蔓趴在肩膀上,开出了花

在一只海螺里,煮干了大海
神啊,我吹了一口盲人的月光
灯睁开了眼

芳草抱绿了天涯。我抱碎了你的刺
和一个人孤单时,落下的偏头痛

王爱民,辽宁营口人。中国作家协会会员。《辽河》文学杂志主编。

沉醉的夜风

/ 王发强

城市里的夜风
刚刚漫过秋的脚踝
轻抚着万物
却在奔腾的车窗上凝结出
火的炽热与渴望

一座座山,一棵棵树
在车窗外奔跑
我不曾识得,也未曾打听
它们的名字
却伴着稻香里的蛙鸣
温暖了整个世界
伴着沉醉的花眠
与你奔赴一场
永不散场的情感之约

王发强,陕西人。澳门科技大学博士生。珠海南国凤凰诗社副社长兼秘书长。现居广东珠海。

梦

/ 王妃

我在梦中写诗,送给我爱的人
我给诗取名为:蜜蜂。
我不写它的勤劳、它的翅膀、它的刺,
我只想写到深入——

"只有深入,它才能探知
花的真味";
"也只有深入,这朵花才会决定
如何给予"。

王妃,本名王佩玲,安徽桐城人。中国作家协会会员。现居黄山。

一百年,不许变

/ 王京

我从未将它当成一句誓言
也从未因它的背叛而耿耿于怀

就像日出日落,一块石头
面朝大海,望眼欲穿
心中有万语千言。以朝圣的姿态
夜以继日,具象表达

就像人间草木,对春天
有刻骨的执念。风雪和严寒
一岁枯荣,亦是一次沉淀
泪水和种子,才有金色的莹芒

就像山河大地,在光阴万顷间
以严谨而有序的模样
呈现出无法言说的美学概念
唯有爱,是这一切的谜底

我始终将它当成一句铭文
始终将它刻在心头而念念不忘

王京,陕西西安人。资深企划文案,自媒体运营编辑。

想念是一场内心的桑烟

/ 王静

我在巴颜喀拉山垭口想你的时候
体内的积雪,融化了一点
春天已很深了
漫长的伏笔,在江河下垂
或于某天　降为赤道的雨水

雪山瘦下去的时候
星宿海的水鸟胖了一些
春天将它们喂养得翅羽丰满,像一只船
也喂养芦苇、星辰
以及用于煨桑的松枝柏叶

在春天想你,万物都是天地的赤子
湖泊哑默,松叶柔软
濯洗人间的桑烟　它们总会落满
你终将途经的
旷野与山川

王静,青年诗人。青海师范大学文学院教师。现居西宁。

两条小河

/ 王军

你是一条小河
我也是一条小河
机缘巧合
我们在这里邂逅
你的眼睛里有我
我的眼睛里有你
我们融为一体
一路欢歌
奔向无限宽广的
情感的海洋

王军,二十一世纪出版社总编辑。现居南昌。

亲,我想喊你宝贝

/ 王立世

亲,月光爬上你窗户时
我想和月光一起喊你宝贝

亲,晨曦照亮你脸庞时
我想和晨曦一起喊你宝贝

亲,春风吹绿你门前的杨柳时
我想和春风一起喊你宝贝

亲,大雨倾盆时
我想和伞一起喊你宝贝

亲,大雪弥漫道路时
我想和道路一起喊你宝贝

亲,岁月从你眼角流失时
我想和时光一起喊你宝贝

王立世,现在山西省委机构编制委员会办公室工作。中国作家协会会员。现居太原。

第一封情书

/ 王珊珊

我的眼里布满了你的喜怒哀乐,
还有水光潋滟的一缕炊烟。
我让它们入墨我的第一封情书——
它就是我的《诗经·蒹葭》,
我故意不想起江采萍、唐琬、卓文君,
月光轻歌也会吵醒熟睡的冬蛰。
等青石巷上流淌的雨水擦干行人的脚印,
我想与你同行,听你在拉市海畔说一句情话。
如果你无话可说,那我们就听风、听水。
你闻,那暖色的烤鱼香味,是生活的清宁。
假如不够温暖,我们就养一只猫。
你看,那是玉龙雪山,白了头的雪山。
假如爱不被遗忘,我们会像它一样白头。

王珊珊,云南昭通人。云南省作家协会会员。现为澳门大学计算机科学在读博士研究生。

五月,用眼睛为你唱首歌

/ 王舒漫

五月,像一个恋人,我找不到你的目光。

记忆之痕平静在我前额,如自由奔放的
田野,河流。

黄昏与黎明,一开一合,

穿过我的疲惫,
向前,向前。

你像我一样,用掌心找寻长夜的静谧,
平凡的日子,和油盐。

不必为时间的脚步而忧伤

当苹果树开满了鲜花,
我又开始回忆一寸一寸逝去的春光。

必须徒步,去找寻像河流一样闪耀的爱,
像纯洁的灵魂,性感的思想,
在我真情的独白中,
你的青春成了绛红的太阳,
我的青春在你眼里闪光。

太阳下,河水清澈,我要用眼睛为你
唱一首温柔的歌。

王舒漫,当代诗人、作家、画家、独立学者、策展人。
《中国当代知名诗人诗年历》主编。

比翼

/ 王文雪

看看你,再看看天:云朵就成了你的样子

一朵花,用它的艳丽迎合着阳光的照射
像火焰。如此剧烈

委身于泥土的,皆如一汪心甘情愿的水滴
栖身,直至雨季到来之前

我已经盘算好了———
身体里横暴的热烈
牵挂和想念也许都是:
"足以让我梦见下一个与你相见的日子"

王文雪,吉林省作家协会会员。现居吉林公主岭。

题一片红叶

/ 王小林

我喜欢这片红
她让我有了亲吻的欲望
哪怕是在寒冬
我也会毫不吝惜热情
在大庭广众之下也好
在一个无人
或者没有一点光亮的地方也好
请释放你的热烈
让我尽情将你身上的每一粒微尘舔尽
然后,毫无声息地
隐藏在美妙的夜色中

王小林,江西抚州东乡人。中国诗歌学会会员,江西省作家协会会员,江西省杂文学会副会长。

写在情人节的长短句

/ 王晓露

我过于木讷与迟钝
且不知人情世故
与这个世界格格不入
能生存下来,从前靠母亲
如今靠你

我本应该漂泊
在变幻不定的远方,寻找
可以持续一生的稳定元素
你把它放在三步之内
俯身可拾

把爱情拆开
是喜悦、情欲、守护、承诺
就像玫瑰、曼陀罗、薰衣草、小白菊
都在这院子里

爱恋如岩浆喷薄而出
几十年的冷却
成就了一块三生石

王晓露,华裔旅欧诗人。西班牙伊比利亚诗社社长,西班牙华文作家协会副会长。

快哉风

/ 王彦山

昨天台风过境
晚上从茶馆出来的时候
整条四纬路的叶子都在翻动
我拨通了一个电话
想让风声传得更久远一些
在河的对岸，也许住着一个
我隔世的情人，她正弯下腰
汲水，像一株空心的芦苇
不胜此刻，千里快哉风

王彦山，山东邹城人。中国作家协会会员，江西省作家协会诗歌创作委员会副主任，南昌市作家协会副主席。现居江西南昌。

把每一天都过成初恋

/ 王永江

幸福总是来得太突然
爱就像一道闪电
还没准备好怎么迎接
你就头戴王冠向我眨眼

开始就像夏花般灿烂
风情万种的每一天
缠绵还是缠绵
谁能把每天都过成初恋

你的妩媚只对我放电
你的柔情贴近我的脸
浪漫还是浪漫
与美好同行天天是初恋

王永江,山东沂蒙山人。山东华典知识产权服务集团品牌创始人、董事长。《齐鲁诗刊》主编。现居山东济南。

七夕,陪你读一读情诗

/ 王咏

凌晨的一场雨,拉近了七夕与银河的距离
隔着流淌的光阴
每一颗敏感的心,不约而同开始泅渡
那么,在时断时续的雨声里
今天,就陪你读一读情诗

没有什么不可思议
打散的诗行里弥漫的是俗世烟火
有纠结有争执也有不顾一切地爱着
潮湿的微风里,传来隐约的爱情低语
歪打正着,撞上我失聪左耳的鼓膜

若等待的终点,可以是想象中的圆满
若聚散的尽头,可以是相拥着的春天
那么,一定有人愿意忘记所有的曾经
让匿名的悲欢,成为千年之后
葡萄架下传说中的某个小小片段

只是,此时此刻
想陪你,一起读一读情诗
看一滴雨倒映出的银河

在我的手心，除了掌纹因你而生的凌乱
还有一首诗彩虹般的结局

王咏，山东青岛市文联签约作家。供职于骆驼祥子博物馆。现居青岛。

来自爱情

/ 王志彦

烛光下的对视,细雨中的牵手
突然之间像词语与诗意忘情地相拥

一路顺风的花开,有了柴米的气息
那渐次泛红的青枣,渲染着密集而柔软的绿意

月光幽深,淡化了时光的倦怠
风雨中打碎的期许,找到了隐秘之径

沧桑里也有细小的幸福
浆果酥软,它越过落叶,已触摸到最初的夙愿

这些生活中不可忽略的部分
穿越了尘埃,伴我们到达既定之远……

王志彦,山西屯留人。山西长治诗群重要成员。

你的名字是一条河

/ 文博

你的名字是一条河
水已漫灌脖颈
我挣扎上岸
却一波又一波涌来

我筑堤拦截
你依然一浪高过一浪
漫过了护堤

想远遁于你
你绻缱的灵魂
如一条绳索捆住了我

河岸上
你幽灵似的又尾随而来
你的奔流，无时不撞击我的心岸

你总是这样无边无际地围拢
让我在每个日出和黄昏
都淹没在你涟漪般的名字里

文博，海南东方人。律师。中国诗歌学会会员，中国金融作家协会会员，海南省作家协会会员。现居海口。

——消溶,消溶,消溶
——溶入了她柔波似的心胸。

雪花的快乐

/ 徐志摩

假如我是一朵雪花,
翩翩的在半空里潇洒,
我一定认清我的方向
　　——飞扬,飞扬,飞扬,
这地面上有我的方向。

不去那冷寞的幽谷,
不去那凄清的山麓,
也不上荒街去惆怅
　　——飞扬,飞扬,飞扬,
　　——你看,我有我的方向!

在半空里娟娟的飞舞,
认明了那清幽的住处,
等着她来花园里探望
　　——飞扬,飞扬,飞扬,
　　——啊,她身上有朱砂梅的清香!

那时我凭藉我的身轻,
盈盈的,沾住了她的衣襟,

贴近她柔波似的心胸

——消溶，消溶，消溶

——溶入了她柔波似的心胸。

徐志摩（1897—1931），浙江海宁人。曾任教于北京大学。"新月派"代表诗人。

我想着你

/ 晓雪

草绿了，花开了，
——我想着你；
风吹来，雨打来，
——我想着你；
你穿上花裙子，
飘飘掠过人群，
——我想着你；
你裹紧红围巾，
挤上公共汽车，
——我想着你；
夏天你在树荫下，
打开心爱的书本，
——我想着你；
秋天你拾一片枫叶，
夹进刚买的诗集，
——我想着你；
下雪了，多么美！
一片纯白晶莹的世界，
——我想着你；
月光下，小夜曲，
荡漾着梦幻般的旋律，
——我想着你；
亲爱的，不论何时何地，

哪年哪月,什么情景,
你能拒绝吗?你能制止吗?
——我想着你!

晓雪,原名杨文翰,白族,云南大理人。曾任中国诗歌学会副会长、中国当代文学研究会副会长等职务。

小雪

/ 萧风

小雪无雪。
江南的雪,一向姗姗来迟。这是你知道的。
只有满湖滩满河岸洁白的芦花,千朵万朵,纷纷
　　扬扬,雪一般随风飘舞。
与北国漫天的飞雪遥相呼应。
可是,毕竟是冬天了。
降温的消息时常接踵而至,令人猝不及防。
而你的叮嘱总比寒流来得更早一些:天气冷了,
　　别忘了添件衣裳。
多年如此。这使我深深地感动。
我终于明白:爱,其实很简单。
有时就是一句叮嘱,就是天冷了有人为你披件衣裳。

小雪,这来自天庭的纯洁的女子。
如你的名字一样亲切,如你的心灵一样美好。
一朵雪花在梦里盛开。
就像你,常在我的梦中翩翩起舞。
在我这个北方人眼里,没有雪的冬天,该多么单调,
　　多么乏味呀。
就像春天没有花朵,天空没有云彩。
你说过,有雪的世界是温暖的。
与雪相拥,就是与爱相拥,会使那颗蒙尘的心瞬间
　　纯净起来。

即使世间有再多的诱惑,心也会归依宁静。

一朵雪花翩然而至,摇醒了我的梦……

箫风,本名温永东。中国散文诗学会理事,湖州师范学院客座教授,中国散文诗研究中心主任。现居浙江湖州。

我是出色的马夫

/ 晓音

多么美妙,一匹白色的马
在秋天的子夜
撞开了我的卧室
那一刻,我突然改变了一生的主意
后半生,改行去做马夫。白马

从此,我将紧紧地跟在你
疾行的蹄声后面
任你施展千种巫术
缰绳环绕住我光洁的双腕
今生,注定我要对你百依百顺

可是,白马,我原本是一个出色的马夫呀
至今,还没有一匹马
能倔强过我温柔的手心

尽管,现在的我
还不熟悉你的习性

但我具有爱马的天性
和一个优秀的女人
最巨大的诱惑力

白马,今生,我坚信
你的赤诚和我的坚定
让我们一起上路吧　彼此全心全意
你做马,而我
就是那天底下最出色的马夫

晓音,四川西昌人。《女子诗报》主编。现居广东茂名。

俗世之爱

/ 徐俊国

锄完地我就拔草
拔完草我再撒化肥
喷完农药我就用野芹的汁液洗手
活全干完了我就在花香中歇息
就听鸟鸣
看蝗虫在露珠滚动的叶梗上荡秋千
想你了我就回家
你摆好酒菜我就坐在饭桌旁
你铺好床我就搂着你睡觉
你老了我就继续与时光搏斗
我们的俗世之爱体现在最后那天早晨
你用皱皱巴巴的嘴唇亲着说爱我
我掰开你干枯的小手
硬要先去院子里望望
芝麻开花了没有
浆果熟透了没有

徐俊国,青岛平度人。中国作家协会会员,北京大学访问学者。现居上海。

像童话一样生活

/ 徐丽萍

如果你像一滴雨滴　掉落在我的掌心
如果你像一缕春风　悄悄吹开我的心扉
请不要羞怯　这令人怦然心动的一瞬
是爱神将花瓣洒落人间的恩泽
月亮的白银　星星的眼眸
搭建的熠熠生辉的城堡
住着精灵与女巫　巨人与野兽
我乘着萤火虫透明的翅膀
像风一样舒展　自由穿行
请你到四处生长着新鲜的梦
到处盛开着奇花异卉的国度
让我们用智慧打开一座
通往宇宙自然奥秘的宝藏
我们逐水而居或携手飞翔
七色鹿伫立在湖畔守护
飞禽走兽都臣服于
此刻的温暖与宁静
幸福次第开放　涌现到我们眼前
我在你近旁　或者飞向远方
那些悲剧的爱情与我们无关
没有谁能阻挡心有所属的坚贞

我们陷落在彼此的深情里
像童话一样生活
像阳光一样生长

徐丽萍,祖籍江苏。中国作家协会会员,新疆作家协会会员,石河子作家协会主席。现为《绿风》诗刊副主编。

平行宇宙之恋

/ 西贝

或许能从梦的窗口
进入神秘的平行宇宙
多重的时空
隐约的形影
在不同的维度里穿行
各自卓越着、深邃宁静
带着最初的爱与温情

沿时光的隧道
平行的空间、平行的直线
在无穷远的一点
相交、叠加,并牵缠
回到原始图腾古老的本原
似曾相识的夜晚
幻美的初见
不同的过去和未来
神话,瞬间再现……

西贝,祖籍山东,现旅居海外。

世人万千,再难遇我

/ 西玛珈旺

徒手摘星,绣楼还在,小家碧玉
当然也不在,可我深爱的人还在,有
那么多相同的名字都不在了

我是匆匆告别了云长,走了那么
远的路,青龙刀还在
只是不知道,当年你是否穿过月亮门,看见
王家院子里,那株古树

长安到洛阳的路
只是蚂蚁爬过一片叶子
世人万千,再难遇我
玉门关外,春风浩荡

云横秦岭,在黑暗里我
一刻也没有停止,把几个小时的归程
缩短成一句,我等你
在山的那一边

这是一条,被雨水清洗过的河流
夕阳投下一枚硬币,它的正面
恰巧是我的好心情
此时王家大院正敞开襟怀

而王之涣的黄河,离我不远
秋风里,鹧鸪声声
唤我归去

西玛珈旺,原名王永纯。《大家文学》总编,华语诗歌春晚副总策划。现居河北秦皇岛。

雨的省略号

/ 夏雨

夜晚的雨淋湿了我的想念
你的名字晕染开来

不由自主地
拨通你的电话
通了又挂上

窗外，雨声轻微
像极了
一个多情女子的
欲言又止

夏雨，自由职业。现居江西永修。

为你活成一首诗

/ 萧逸帆

将我的爱凝成文字
在以后的岁月里
为你写诗

也许诗作会佚失
随着岁月不知所终
但成诗的每一个字
都饱含一片真意

当时的情感若要记取
去我的诗里发现
那纸张承载不了的
还有很多很多
我一直在学习如何表达
无论诗里诗外

亲爱的,请允许我
为你活成一首诗

萧逸帆,湖南娄底人。诗人、译者、英语老师、主编、翻译硕士。中国翻译协会会员。

去远方

/ 肖灿先

你说我们一起去远方，
避开周围狐疑的目光，
那应该去山岗。
请小鸟为我们衔草，
请小鹿为我们搭梁，
山神也为我们构筑爱的温床。

你说我们一起去远方，
避开无休无止的繁忙，
那应该去海洋。
请鲨鱼为我们种菜，
请龙虾做我们厨娘，
龙王也为我们送来丰盛的食粮。

你说我们一起去远方，
避开尘世人缘的紧张，
那应该去月亮之上。
请吴刚为我们演奏，
请嫦娥做我们舞伴，
玉兔也和我们一起快乐地歌唱。

肖灿先，井冈山大学退休教师。江西省作家协会会员。现居厦门。

小满

/ 肖春香

就是这样的时节
我要带你走入田野,手拉手
却不说话。除了河流
没有谁知道我们前行的方向
鸟儿会扑棱着为我们让路
酢浆草在脚下托举心形的叶片
头顶,是流动的白云
一切混沌都已飘散。

大地的呼吸是五月的天空
有刚刚发育的清明和流畅
我们会像两棵比邻的麦苗
每到春天就悄悄返青
风来,就摆首
雨来,就拥抱

肖春香,江西永新人。江西省作家协会会员。江西新余学院副教授。

眼睛

/ 肖飞

我闪烁在你眼光里
我迷离在你眼神里
我荡漾在你眼波里
我溶解在你眼液里

你的睫状体映着我全身
你的晶状体映着我上半身
你的瞳孔停留在我上衣第三颗纽扣之上
你的视网膜上只映着我头部

我与你互为一面神奇的镜子
照映出彼此灵魂的叠影

肖飞,本名李子迟,湖南祁东人。北京大吕文化传播公司总编辑,多所大学兼职教授。

水牢

/ 谢方生

初恋说她是水做的
就用善良忠诚做材料
给她建一座水牢
牢房坚固隐蔽
铁门机关重重
高墙上电流燃烧
任她身上长出翅膀
也休想脱逃
执行爱的判决
关她到天荒地老

谢方生,广东仁化人。广东省作家协会会员,广东顺德界外诗社副社长。

你的影子

/ 谢华萍

只要有太阳和月光
你便是我随形的影子
我随时随地都能阅读
你的蠔首蛾眉和银铃巧笑

一旦没有太阳和月光
我就丢了魂儿一样
公园里街巷间小河边
满世界找你的影子

我要适应风雨和黑暗
我要放下镣铐和行囊
我要筑一个温暖的心巢
让你的影子自由地飞

你的影子真轻啊
像一支午夜情歌
你的影子真重啊
像一座神秘动人的灵山

谢华萍,笔名夏蕾,江西万安人。现在江西省吉安市委办公室工作。

别

/ 谢雨新

在漫长的——漫长的
即将分离的前日
我和恋人
在屋中对坐

趁相思微微睡去的时候
我们的太阳升起了

谢雨新,黑龙江牡丹江人。北京大学中文系硕士,日本筑波大学人文社会系博士。现任教于南昌大学人文学院。

前世记忆

/ 熊游坤

我好像离不开村庄了
在断桥、在明媚的村庄
相约,相守

山脊的草总是矮矮的
山坡上的要高出很多
你和我,没有隔着万千河流
山脊,是一道
清澈的分界线

走在云上,天空不值得赞美
留在世上,活着不值得赞美

坐在窗前那么久,你的微笑
值得整个春天赞美

熊游坤,重庆垫江人。中国作家协会会员,四川省作家协会会员,四川省电视艺术家协会会员。现居成都。

爱情十四行诗

/ 徐柏坚

遇见你,我永远都是不知所措
带枯枝的树上挂着满天星星
远处漂来上游孩子们叠折的纸船
月光下树叶被河水静静地带走
在秋天的树下想起那桩往事
你光着脚丫,闪动美丽的大眼睛
我以某种温柔的方式袭你
很想把那桩心事告诉你
也许我们风雨兼程各持一方
我站在大海边凝望星空
也许任何事情都不过一声叹息
告别不过是一种假象
想象为你送行,你走遍天涯海角
也走不出我的心界。

徐柏坚,天津人。中国作家协会会员。现为天津市高级人民法院执行局法官。

梦中的你

/ 徐琳婕

阳光从叶间落下
映着你温情的目光
你披着晨曦走来,一脸的温暖
我伫立在我的世界,久久地凝望
为将这一刻铭记
当阳光投进眼眶,些许灼痛
而你依然清晰,一如这暖人的春风

徐琳婕,江西省作家协会会员。现任职于江西景德镇市浮梁县第三小学。

返生

/ 徐青青

我的世界突然起风
藏匿的蝴蝶,在熟悉的香气里返生
它记得,你最爱的吊兰
疯狂滋长在时光缝隙
那些耳语软软,蔓延

你是雪国赐予我的清欢
是晨曦角楼上空悬的梦铃
是远海茫茫镜像——
是我初见,便不能自拔的沉沦

半醒的日子,你笑得很浅
却反复把我点燃
我已经学会用回忆呐喊
墨色的欢愉越发响亮

月色皎皎,蝴蝶经过夜晚,飞往
雾霭微散的元气森林,我会一直在
你可以安心,替我继续做个小孩

徐青青,中国诗歌学会会员,陕西省青年文学协会会员,咸阳诗歌学会理事。现居陕西咸阳。

爱在春天

/ 徐书僮

在这恬静的春天里
山顶上山坳间
桃花夭夭　梨花带雨
绽开了，一团团一簇簇
外桐坞睡满了花的情侣
而我却躲藏进深沉的春色
品一杯淡淡的西湖龙井
定格唐诗宋词里
提笔泼墨和李白对诗
挥毫疾书与苏轼话词

在这春天里
这个特殊的日子
我，深深地
爱上了你

徐书僮，原名徐萍。画家、诗人、策展人。现居江苏苏州。

草地三月来信

/ 徐厌

昨天下了开春的第一场雪
很可能是最后一场
都说春雪是暖雪
把黄草尖尖都软化了
下在你那里会是雨
会是冷峻的硬雨吧
冬羔真吸引人
有两只已经会喊妈妈
是故意拉长的单音节

明天你就回来吧
明天回来我还爱你

徐厌，本名徐金芳，江苏金坛人。现居呼和浩特。

此去经年

/ 许燕影

早春的风不经意掀开书页,一个词遽然醒来
总是来不及收攒阳光,异城的雨丝已开始纷扬
很多年了,我一再重复相同的过错

放逐所有碰撞的词语,我已遗忘修辞
你却还在练习排比,爱着流水和涌动的诗行
偶尔说到风的甜,虚拟的雪花在掌心融化

而我,早把描绘的云朵还给天空
当吸食花蜜的蝶儿被鸟鸣惊飞,俯身拾捡花瓣
仿佛约定好的,我们深谙往事却从不触及

此去经年,要怎样才能安顿一再抽紧的心
我们互道晴好,暗中灵魂亲近

许燕影,福建晋江人。中国作家协会会员,海南省作家协会理事,海口市作家协会副主席。现居海南海口。

你的名字

/ 雪丰谷

原本以为早忘干净了
最近两天,偶尔叨起你的名字
总觉得像根刺。而且每默念一次
肌肤里的痛,扎得就越深

长痛不如短痛。昨晚摸黑回家
从抽屉里找来一枚钢针
借助 LED 灯,牙一咬
将一根乱了方寸的肉刺,剔了出去

可是在梦里,你的名字
比金种子酒厉害百倍
呼啦啦地冒出了郁郁葱葱的芽
醒来方知自己体内竟藏着参天大树

雪丰谷,原名王永福。中国诗歌学会会员。现居南京。

在北方幽幽的寺院
秋天,秋天什么也没留下
只留下一个暖暖
只留下一个暖暖
一切便都留下了

秋歌
——给暖暖

/ 痖弦

落叶完成了最后的颤抖
荻花在湖沼的蓝睛里消失
七月的砧声远了
暖暖
雁子们也不在辽夐的秋空
写他们美丽的十四行诗了
暖暖
马蹄留下踏残的落花
在南国小小的山径
歌人留下破碎的琴韵
在北方幽幽的寺院
秋天,秋天什么也没留下
只留下一个暖暖
只留下一个暖暖
一切便都留下了

痖弦(1932—2024),本名王庆麟,河南南阳人。1954年与洛夫、张默一起创办诗刊《创世纪》。

妹妹你是水

/ 应修人

妹妹你是水——
你是清溪里的水。
无愁地镇日流,
率真地常是笑,
自然地引我忘了归路了。

妹妹你是水——
你是温泉内的水。
我底心儿尽是爱游泳,
我想捞回来,
烫得我手心痛。

妹妹你是水——
你是荷塘里的水。
借荷叶做船儿,
借荷梗做篙儿,
妹妹我要到荷花深处来!

应修人(1900—1933),浙江慈溪人。1922年,与汪静之、潘谟华、冯雪峰成立湖畔诗社,合出诗集《湖畔》。1925年加入中国共产党,1933年在上海牺牲。

蜜月箴言

/ 叶延滨

黄山的松很美
西湖的水很美
很美的黄果树瀑布
很美的九寨沟彩河
很美的事情是旅行
在蜜月里
俩一起去

挤车怕挤坏你
散步怕走失你
出了门手就拉着你
上了路眼就盯着你
蜜月旅行
得句箴言——
热恋者眼中没有风景

叶延滨,中国作家协会全国委员会名誉委员,中国作家协会诗歌委员会原主任。现居北京。

白昼之月

/ 雁西

自西向东千万朵云朵
就是花朵,也是每天的心情。我总是
微笑面对一切
夜黑的时候,有时我在深山
之中,有时在深海之中我从未
放弃光明,因为光明就是我的
眼睛,是尘世的黎明
我从从容容,我不需要急不可耐刮风
暴雨雷电,即使你看不见
我也依然存在
我隐身在时间之中
我储存千年万年之光,证明
我对你的记忆和世界的爱
我是不死的,因为我在阳光之中
因为我永远爱着你

雁西,中国诗歌学会副秘书长。《中国文艺家》杂志执行总编。

执念

/ 于慈江

每个人心中都至少有一道执念
像一条旧河套,固执地在天边迂曲
而你或紫或蓝,或曲折或蜿蜒
更像一条清溪,在我眼前挥之不去
你是我儿时许下的一个愿,封印在
我心中或嘴里,一直未被开启
或含化。你是我心窝里永远的蓝蓝

于慈江,中国海洋大学一多诗歌中心主任。现居山东青岛。

踮起脚尖

/ 宇秀

我踮起脚尖
柳梢上的嫩绿与食指上的粉红
还是隔了一段春夏
绊倒在树枝上的风筝与缠在手腕上的线头
更是隔了一个童年
趴在屋脊上的半朵云与我的眼睛
则是隔了一串梦幻
我知道自己很矮,并且总是在低处
所以一而再再而三地踮起脚尖
一些目标像停留在枝头的鸟
看上去离我并不远
我以脚尖的努力仍够不到一片羽毛
但是,一个不期然的傍晚
我却够到了你的唇

瞬间一股热流
不由得把头低到你的胸口
这才知道啊,你的腰弯了很久很久

宇秀,祖籍苏州。海外华裔作家、诗人。西南大学中国诗学研究中心《诗学》年刊编委,文学公众号"Meet域外典藏"主持人。

蓝纱巾

/ 雨田

送给你　这一片袖珍的海
海水一般蓝的纱巾
很美

真的　是我专门为你扯来的
你最喜欢的天空
它就是那片有沙滩的海呀
是你目光的长线
拴住了那只遥远的思念的风筝

那海滩上　还有我的两行抒情诗
永远的青春期
和数不完的童话呢

哦　当你捧起这一片海一样深沉的情书
你会读到真正的爱
于是　天空里的鸽哨声中
淌出一个最亲的吻

雨田，沙汀文学院副院长。现居四川绵阳。

你的手指充满童话

/ 野岸

那一刻,你的手指充满着童话
你的每一寸肌肤,都令人不由自主地战栗

我的小小的永恒的情人啊
你永远都是一个长不大的孩子

你的微笑清澈透明,如一泓清泉
你的忧郁美丽恬淡,像雪的伤痕

我却曾那般粗暴地对你,如有可能
我情愿用静脉割断刀锋

我情愿一个人住进伤口里
也要让你的房间充满阳光

因为,你一尘不染的倩影
是我梦寐以求的蓝天

野岸,原名陈小平。中国作家协会会员,四川省诗歌学会常务理事,四川师范大学诗歌创作与研究中心主任。现居成都。

盛夏，在清风朗月中

/ 亚楠

那时候，你就是一缕清风
拂去了我内心的焦虑
和烦忧

我知道你那忙忙碌碌的样子
知道你
总是像一只蜜蜂那样
辛勤劳作，为爱破解了一个
又一个难解之谜

似乎你总是在心底隐藏着什么
秘密
当我们在一起
风轻云淡，疏朗的月光也会在
树叶上窃窃地笑

就让我把心底的爱
和盘托出吧
这之于你
就是那种远离世俗的爱
清纯而又热烈

但在我心里，爱就是爱——

我爱你
也不会再有其他任何理由

我喜欢看见你微笑着
望向我
在我心底激起阵阵波澜
就仿佛草木也在
无声地回应。刹那间,整个山谷都
沉浸在爱的轰鸣中

现在你已经回到了从前
回到一个人的梦中
而那时清风朗月
河谷里弥漫着花香,就仿佛
你的呢喃
和爱一起沉入到我心底

现在我是那么想你
在这个夏天
我会继续坐在从前的那块岩石上
看云起云落

亚楠,本名王亚楠。中国诗歌学会理事,新疆伊犁州作家协会主席。现居新疆伊宁。

骨朵

/ 颜梅玖

江南是从柳芽开始的
今天我靠近她们三次
一次在小镇的桥上
一次在奉化江边。还有一次
是你打来电话时
她们在我心里又出现了一次
春天真美好啊
翠绿又回到了我的心里
布谷鸟,轻柔的空气
丝绸般的云朵成群结队
我骑着单车,风一样穿过花开的小镇
作为回归春天的一个居民
我顺从明媚的光照
迎春和玉兰
一排排的香樟,紫荆和海棠
环绕我的植物
都像夜晚你的絮语一样含蓄,丰满
我心里肯定也萌生了一个花骨朵
亲爱的,路上我一直在想:
三月开还是四月开呢?当然

我还可以像迷迭香那样

拖到夏天开

颜梅玖,笔名玉上烟。供职于宁波某报社。中国作家协会会员。现居宁波。

另一个湖泊，或另一个鄱阳湖

/ 雁飞

这是真的
你离开以后，另一个湖泊就出现了
我只要一出神，它就会出现
就像鄱阳湖，就在那里
一想念就到了脑子里

你也会出现，只是你出现以后
若隐若现，像是它的背景
它是宝石蓝的，与那天
你的眼影、长裙一模一样
它最润亮的部分
如同你的眼神，也是流转着的
不知不觉，我就被它照见了

另一个湖泊，是神秘的
就像是另一个鄱阳湖
常常会在我的脑海若有若无地荡漾
它荡漾，我就跟着荡漾
湖面，是一线线欲言又止的微澜

雁飞，中国作家协会会员。江西九江市作家协会副主席。现居江西湖口。

大地·旷野

/ 央金

木质柑与丑橘的碰撞
撬开孟夏的心扉
熟悉的味道,散发
脱颖而出的后调

另一处黄昏
行走于花开陌上,潜藏
被遗忘的旷野气息
换作沸水与菊花轻盈地舞蹈

时间丈量无言的爱
大地晾晒我们的誓言
不是时间过滤了记忆
而是你来到了我的世界

央金,本名杨尖措,藏族。中国诗歌学会会员。青海省作家协会会员。现居西宁。

你的名字

/ 阳春

我向许多人说起你的名字
也跟夏日林中的鸟,有所提及
或者对将泊于岸边的晚棹
伸出双臂,终结远途的疲惫

我在许多地方呼唤你的名字
风,来来回回地吻着
两百零六座高过五千米的山峰
我把襟上的克制喊成瀑布
闪电劈开我的矜持
你的名字,暴雨般扑向森林

许多人都知晓你的名字
譬如河流、树木、白云和鹰
什么?你说它们不是人类
不!它们与我过从甚密
并且,有着朴素坚贞的友谊

我该如何珍藏你的名字?
心里的烙痕宛如阔叶的茎
也像夜空的繁星,连成八十八星座

我不能再念你的名字
至少,绝不能破口而出
你的名字

阳春,四川威远人。《中华文学》杂志主编。张家界国际诗歌旅游协会副主席。现居长沙。

如果久别就能重逢

/ 杨北城

如果久别就能重逢
那么我们还等什么
去年秋天别后,转眼就是一年
我们熬过了数不清的日子
寒来暑往,思念与日俱增
如是一日不见,约等于多少个秋天
足以让你放下孤傲和矜持
如果一年还不算久别
还不够重逢的砝码
那就再加上别梦千回
我知道你不是个薄凉的人
要借我的热泪温暖这长夜
只是往后我到了北方,就离你更远了
而在你心里,还有谁能像我这样
死心塌地,无赖般喜欢你
我有能力喜欢,就有能力压制这喜欢
但我却不能眼睁睁看着你无视我的喜欢,而假装
　　若无其事
想到这些,我的心就碎了
如果有一天,久别成疾
我会奋不顾身地奔向你
而你不必紧张,慌乱

我终不舍得你担惊受怕
在奔向你的途中，我奔向了闪电

杨北城，祖籍江西南康。新江西诗派重要成员。现居北京与南昌。

荷塘月夜

/ 杨丰源

最爱和你牵手看荷塘边的柳叶
在明净的夜里仰首细数天上的星
低头看人间风景

最爱和你遨游在山水想象的桃源
看酒后朦胧的醉意
轻抚我的眼角拨弄我的掌心

感谢桃花红了玫瑰盛开的夜
是谁走近青春的身旁延续相见恨晚的香
温暖的凝视从背后环抱融合的空气

知道吗
爱若在梦里即使一再丢失
拾起时也会藕断丝连

杨丰源,《欧洲诗人》副主编,湖南发展研究中心研究员。现居长沙。

致命邂逅

/ 杨海蒂

高原上　黄河边　山道旁
你像尊神　立于天地之间
她们　都在仰望你
而你　炽热目光里只有我

四目相对　心灵战栗
电光石火　鹘落兔起
燕子在旁呢喃　仿佛说
你们　就是彼此要寻找的人

多年了　我灵魂沉寂
欢笑不曾全然
哭泣也不能尽兴
原以为　此生尘缘已断

"你来这儿干吗"你问
"宿命让我来的"我答
漫花儿如泣如诉
绝望又狂喜

暮色中　列车从站台启动
带着忧伤又欣悦的喘息

我命运的齿轮
也开始转动

杨海蒂,籍贯江西。中国林业生态作家协会主席。中南财经政法大学硕士生导师,《人民文学》编审。现居北京。

敦煌的月亮

/ 杨廷成

大风没日没夜地吹着
吹干了庄稼,吹旧了日子
可它却无法吹灭
洞窟里那一盏忽明忽灭的灯火

沙暴一场又一场扬起
湮没了田野,湮没了河流
可它却无法湮没
莫高窟佛洞前那一道道低矮的门槛

天际间锣鼓声隐约传来
反弹琵琶的仙女们舞姿翩跹
那一年,在落叶缤纷的白杨树下
你轻盈的脚步从我的心头走过

你的眼睛星星般闪亮
温暖着我浪迹天涯的心
那一次从鸣沙山归来
每一刻光阴都如金子般闪耀光芒

我又想起敦煌的那一轮明月
亮晃晃地挂在三危山上

那可是飞天们捧起的神灯
把宽阔无际的河西大地一瞬间照亮

杨廷成,青海平安人。中国作家协会会员,青海省作家协会副主席。现居西宁。

围炉夜话

/ 杨映红

从背后环抱着我,像一只懒猫
蜷在你怀里。呼着热气的耳语
微醺我,你低吻着
被炉火映照的脸颊

炉子的火苗　跳跃的音符
渐渐,困顿的身体
更贴近你,感受你心跳的节奏

是爱的呢喃,温度混合着香水
溢满木屋,仿佛漫步花海
我的心包围着炉火旁的你
让潮湿的雨季不再阴霾
让没有星月的夜晚不再神伤

我多想就这样
时光停留在温暖的刹那
永远都不毕业

杨映红,纳西族,云南省作家协会会员。现居云南丽江。

苍耳

/ 姚瑶

无数苍耳粘住我的裤脚
恋恋不舍的样子
那一株不起眼的植物,别名:葹
有一个风韵十足的名字
让我想起一位来自民间的女子
一瞬间,在我有了微妙的心动
一株苍耳,在《诗经》里匍匐前进
走到我辽阔的纸上
以极强的依附力,占据我的内心
在那个阳光的午后,它躲在
故乡偏僻的一隅,躲在
被阳光遮挡的宽阔叶子后面
羞羞答答

姚瑶,原名姚友本,侗族,贵州天柱人。中国作家协会会员,黔东南州作家协会主席。现居贵州凯里。

一朵不熄的火

/ 姚园

思念从你转身那一瞬间
就天荒地老
但我依旧在每个晨曦
饮一杯浸透烟云的水
把三月的分分秒秒
兑换成一汪清澈的蓝
继续在一缕风拂过之后
种花　种每个字背后
坚韧与光阴之上那朵
不熄的焰火

姚园，重庆人。中外散文诗学会副主席。现旅居海外。

这人间四月天

/ 野松

这人间四月天，是对往昔的怀想
是对江南的梦往，对你的思念
是迷蒙雨景中，我欲写的诗篇

这人间四月天，是忽起的猛烈的北风
幸有天光云影，告诉我什么才是缘
幸有河边青草，告诉我天涯并不是天边

这人间四月天，不是你我生命的秋天
山高水长，我一直在仰望和远眺
你的柔情告诉我，流走的并不是时间

这人间四月天，是回乡之路的不断伸延
曾经的少年梦越不过那些坎坎坷坷
幸而，有霞彩弥漫爱的故园

这人间四月天，是枯败后的再一次盛开
是你给予的甜蜜，忧伤后的温暖
是我如蝶般，如蝶般对你心灵的眷恋

野松，原名杨志明。《珠西诗刊》主编，广东省鹤山市文艺评论家协会主席。现居广东江门。

清晨

/ 一梅

这些清脆的精灵,把我的灵魂
从深处唤醒
一声,两声,接着是满耳葱郁
我好奇地探出了身子,从来没有
这么果断,离开了早春的被窝
去迎接,水滴浸入全身
这扑面而来的醒人之风。我看见
满山的消息,全部都
指向一个方向
"你要回来了"

难怪,今天的鸟鸣
这么好听

一梅,本名易敏。现居湖南娄底。

聆听

/ 易有斌

如莲花吐蕊　温柔
如熏风微拂过水面　涟漪
如一张无所不包的网撒开　缜密
……聆听着大自然的天籁之音
聆听着源自心底的呼唤
聆听着爱的神谕

——我愿尽用绵薄的一生
回报你的浩瀚如海的爱恋！

易有斌，江西宜春人。现供职于南昌大学。江西省作家协会会员，江西省楹联学会会员。

虚掩之门

/ 荫丽娟

你说的缘,是眼前水流,一只蝴蝶
是风
把古旧的柴门和一场雪打开
是冥冥中
从虚掩的门中探得
一朵素颜花忧伤的影子
经年的伤
你说的缘,是用一千片树叶为我做天堂
用平常日子,缝补一颗羞于幸福的心
是门环响动,为我带来
那个小小的人间

荫丽娟,中国作家协会会员,中国诗歌学会会员,山西省作家协会会员。现居山西太原。

信

/ 殷红

现在很少见到邮差了
许多爱情都无法送达

那时候相思很苦
一个人站在河边的柳树下
等得太阳落下去
月亮升起来

那时候野果子真的很甜
可以让一个人
甜一辈子

殷红,原名肖声福,江西人。现任教于江西省德兴市职业中专学校。

我只要跟你欢喜相伴

/ 银莲

三月,你赶来的脚步
比风声更紧
油菜花堵在村口
煽动一场黄色风暴
我躲闪不及

还有什么值得顾虑的
这美到天边
阳光初熟的少女黄
让我喉咙里喷出火焰
喊出血管里所有的野性
油菜花我来了

停下翻越雪山的马蹄
收起浪迹天涯的初心
我只要跟你欢喜相伴
在青衣江的水波浪影里
细数流年

银莲,四川人。中国作家协会会员。《四川诗歌》副主编,华语诗歌春晚成都分会场总导演。

可以朦胧

/ 尹宏灯

只要静一会，
时光的舟
便向你靠拢

当然，你不是堤岸
你只是不经意地，在远处
举着一盏光

整个世界
便在你的柔和下
生动，活泼。

空气很甜，天是无声的蓝
我把灵魂的重卸下
连同卸下这尘世的霾

默默地望着你，等眼眶
生出一层薄薄的月光

尹宏灯，江西省作家协会会员。现居江西宜春。

其实

/ 幽林石子

其实你知道
我也知道你知道
所以你喜欢陪着我
我们一起看风吹火苗
默默施点肥
看雪花慢慢落下来
灼热的雪
是因为我们相爱
于是，冬天熟透之后
就到了春天

幽林石子，本名石世红。中国诗歌学会会员，湖南省作家协会会员，湖南省文学评论学会会员。现居湖南宁乡。

今夜，小雨

/ 游华

小雨飘进了夜幕
眼光挣脱不了那诱人的窗口
细细雨丝
润湿那迷魂的灯火
你那扇洞开的窗
凝视远方

迷蒙的远方
是一首朦胧的抒情诗
我用心阅读
忐忑与希望交织在一起

今夜，小雨
在空中飘飘洒洒
盼望它们
悄悄落到我的心潭里来

游华，江西省作家协会会员。《诗江西》主编。现居南昌。

爱你

/ 羊子

你的诗句勾引了我的心。
我的心牵着我走向了你。
走进你的目光。走进你的身体。
我把我交给了你。
无悔。

即使天空下了一场雨,又一场雨,
西风吹了一个季节,又一个季节,
我把我交给了你啊,你这写诗的人。
我无怨。

即使白天随太阳去了明天。
星光点点伴我彻夜临窗。
我无语。

我把我轻轻地放进夜的怀抱。
你在诗句的里面。喜欢你。
爱你。

羊子,羌族,本名杨国庆。国务院政府特殊津贴获得者,四川省非遗保护中心专家库人员。《羌族文学》主编。现任职于四川省汶川县文学艺术界联合会。

云上的村落

/ 鱼小玄

我与他去种植爱情。在半山腰
云烟尽处的梯田。我们的山民老友
追逐一只小母兔,下山迟迟未返

我在山下集市买种子,我背篓里
一架角瓜,两架豇豆,它们将会垂在
盛夏的夜中。一只大竹匾,将筛滤月光

水蕹菜易种,就种在溪水两岸
我有一架纺车,苋菜的红汁,就去染
过川的银河,再染一床棉布薄被

我们要上山了,会遇到挖葛的药人吧
我们要上山了,会遇到伐木的樵人吧

若被那丛木姜子,拦住了山路,
我就顺手,再抓一把绿藤椒,抱一罐泉
抱一罐鱼,回山深处,去熬鱼汤

我们的小村子在云上,云起云涌的
山路有些崎岖,我心中渐渐
起了云,我在云中爱着你

是的,我在云中爱着你,
云出了岫,云成了雨,云起了霞

你在云中,将犁推过梯田。我们将有
环山的糯稻,糯稻熟时,我将用云
浸入旧年的酒缸,再去酿酒

我们相爱太多年了,只有飞鸟知道
这件事,我只想飞鸟知道

鱼小玄,江西赣州人。江西省作家协会会员。现居广州。

公交车上

/ 语泉

公交车上
打量你的发梢、眸子和裙装
像微风拂过湖心
泛起阵阵涟漪
你让座的那一刹那
磁石般吸住所有的目光
红色的挎包
在你身体上晃荡
我的心在车厢里摇晃
我错过了一站
但没错过你

语泉,本名谭廷勇,四川仪陇人。中国诗歌学会会员,四川南充市作家协会副秘书长。现供职于国家税务总局南充市税务局。

清水之眸

/ 郁东

我叫她莲,莲花朵朵
我叫她荷,荷叶婷婷

我欠污泥一枝莲
我欠清水一枝荷
我欠世界一双眼

我和她的青青荷塘
我和她的袅袅月色
说什么道阻且长
如果我一仰脖子
在她的《今夜无眠》中
一杯一杯复一杯
那么我纵身一跃
海底的月亮花
就是我献给她
最动人的诗篇

郁东,原名李毓东,云南省祥云县人。中国作家协会会员,国际华文诗人协会理事。

想陪你看月亮

/ 育聪

米黄色风衣飘过的小路
缀满绿草、泥香
紫燕还在翻飞
起舞的姿态,多么像我们
丢失在外的灵魂

今晚,星星遗落在波浪上
波浪像轻柔的纱巾
而披着纱巾的你
瑟瑟如雨中的相思花

白云苍狗。踮脚候鸟
留几片羽毛,托付给紫荆
携着云朵的纤手,等候
一半透明的脸从树梢出现

紫荆花开了一秋又一秋
我们从年少走来
有一些东西,紫燕般飞走
但更多的,仍朗月般照耀着

育聪,原名黄育聪,福建惠安人。福建省作家协会会员。现任职于福建惠安县人大常委会。

渡

/ 彧蛇

或许,我们都不曾察觉
不经意间,已拼凑一个春天的未央
笔下多情的诗句
尽染春色,写不完那神韵而醉人的馨香
傍晚的风,窸窸窣窣
把一份被蒙蔽的心情,层层铺展
任城市沦陷在夜色中
我仍然看见,一枚浑圆而皎洁的月亮

让冰释的思维
在黑暗的褶皱里,找寻遗落的笑容
用每一次探索性的编织
去翻阅那些,看似寡味的假象
谁是我掌心的朱砂痣
在禅意和世俗的夹缝间浮沉
一直,我都行走在梦里
唯有永恒,才是心中最真实的模样

我是,卑微的乞爱者
日夜窃取着,红尘中驰骋的光影
如果,时间已走近尾声
我是否还能拒绝,潜伏于黎明中的酝酿
无法逆转的前尘

犹如天地之间，一只硕大的火鸟
张开羽翼，点燃这片天空
在晨曦中，泅渡一场寻找自我的飞翔

彧蛇，本名戴岩。中国诗歌学会会员，诗情太平洋国际文学社总社长与总编。现旅居海外。

我在山上搭个茅草屋等你

/ 喻晓

你说喜欢离星星近点
你说喜欢吹吹自然风
你说不喜欢钢筋水泥房子的禁锢
那就来吧!

我早已为你找到了看星星的角度
我让自然风穿过片片松林
清清新新野草味
我采来竹子
我在山上搭个茅草屋　等你——

喻晓,原名喻淑玲。江西省作家协会会员,江西省书法家协会会员,抚州市编剧协会执行会长。现居南昌。

电影

/ 远帆

我从花房里出来
把刚开的盆花放在台阶
歪头看看她们的位置
再过去摘下两片黄叶

屋里　你的琴弹出水光
溅湿我刚临摹的《月夜》
我等你走出来的那刻惊喜
一切好像电影的情节……

没有人　给我们拍电影
也不需为表演妥协
只要　骄傲地、安静地
在自己的小屋　做自己的主角

远帆，中国诗歌学会会员，中华文化促进会语言艺术委员会专业委员。现居南京。

湖水的思念

/ 云水音

湖水潺潺,诉说一场思念
久别重逢,今日终相见
你还是你,我还是我
抱着诺言,初心不变
你说过,时光可流逝
你永远在此守望蓝天
我许愿,岁月可老去
我始终归来如少年

云水音,本名贾荣香。北京建筑大学教授,硕士生导师,比较文化学者,翻译家。现居北京。

我觉得自己是樱桃是蜜橘
喝着你的目光
我醉了
醉得甜甜蜜蜜,光彩四溢

小满·窗台的月季

/ 曾春根

总有一些雨水落到他处
总有一些人将心思寄托于他乡
小满过后,小河日渐丰满
挥汗如雨的农人在田间地头
有些胆大的鱼逆流而上
小河里的顽石如老人
沉寂于哗哗的逝水流年
此刻,窗台上的月季似火红艳
你轻嗅花朵的样子如此甜蜜
这几株月季从旷野来到你的窗台
犹如我这位乡野汉子
被你调教得温文尔雅
虽然适应不了都市的灯红酒绿
也看不懂两侧开衩的袍缝
但只要你回眸浅浅一笑
那婀娜的腰线,紧绷的胸围
却能惊艳我浑身的云霞
在小城阳台上,在你晾晒衣衫的隐约动作中
时光的甜美,在我心上川流不息

曾春根,笔名寒江雪。中国诗歌学会会员,福建省作家协会会员,明溪县作家协会主席,滴水村落村长。

读你

/ 曾若水

你的身材，起伏
如波浪
莫非你的身体里
藏着奔腾不息的河

双眸里
万种风情荡漾
微笑时，眼角浅浅的皱纹
也是温柔的涟漪

香发如瀑
飘逸，如春风飞流
那是河的源头吗

请告诉我
从哪里下水
可以在你的河里畅游
一辈子

曾若水，一级作家，中国作家协会会员，江西宜春市作家协会副主席。《宜春文艺》杂志执行主编。

凝视

/ 张烨

我微笑着走向你
你的凝视是幸福
然而,幸福也使人担忧
我害怕会有一阵风雨袭来

我觉得自己是樱桃是蜜橘
喝着你的目光
我醉了
醉得甜甜蜜蜜,光彩四溢

我坚定地走向你
你的凝视是静穆而崇高的激情
像一座幽深的大山
你沉默的呼唤
注定了我一生的登攀

既然爱的凝视来自心灵
我就要步着你的目光
一直走进你的心灵
勇敢地去占有
并通过你的眼睛向所有人宣布
你的凝视只属于一个人

张烨,上海大学教授。中国作家协会会员。现居上海。

醉蝶花

/ 张映姝

此刻,需要一页三十行的诗
一杯琥珀色微苦的酒
中和发酵的心思,飞舞的发丝
此刻,不要语言
不要声音,星眸要合上
我知道,此刻,很好,很奢侈
此刻,我不知道,还会有更好——

醉蝶花,在风中翩跹
在漫花庄园,它纵情阐释自己的名字
它的美,清澈而神秘
在漫花庄园,我是另一个我
我的爱,清澈,神秘,又自由

张映姝,新疆作家协会会员,《西部》杂志主编。现居乌鲁木齐。

梦想的海棠

/ 张况

给你一颗雄性的太阳
将你的情感世界照得透亮
给你一个春天的笑脸
催开你梦中久违的海棠
打磨一支童谣
我将诗意的金钗插在你的发髻上

即使寒冷仍未退场
我也要与你携手
把爱情的领地开创
即使风雨如晦
我也要用我残存的体温
为你煨暖春天的炉膛

爱情并不那么悲壮
幸福其实就是那么寻常
我站在无边的苇荡
向你伸出南方的臂膀
我要用十二分不死的温度
点燃你我一生的热恋时光

张况,广东五华人。中国作家协会会员,中国诗歌学会常务理事,广东省佛山市作家协会主席。现居广东佛山。

致爱情

/ 周庆荣

园子的西南
不高的一块大石旁边
一株萱草
安静地开花
它是仲夏之夜醒着的爱情

它的花比黄色更黄
却晶莹如月梢挂着的星子般的珍珠
它晒着白天的太阳
叶片散发出咖啡的味道
每当午夜来临
我在它身旁的石头上坐着
右手指夹着烟
整个左手抚摸它的叶片
爱情的腰身微风一吹就柔曼似水
然后我轻轻摩挲它的花瓣
唯恐它面孔沾上尘土
唯恐它有泪等到黎明时流下

野鸟惊心
大千世界怎么也不仅仅是午夜的幽会
光天化日的局面里
我光明磊落　并且

认真分析苟且、热闹和现世的光荣

谁会知道一株萱草

它如梅如兰也如月

它午夜安静

我也安静

仿佛黑暗中的一株瘦竹

萱草无言　竹叶沙沙

周庆荣，笔名老风。中国作家协会会员。"我们-北土城散文诗群"主要发起人，《大诗歌》主编，湖州师范学院中国散文诗研究中心研究员。现居北京。

蝶恋花

/ 庄伟杰

用这三个字来隐喻我和你
审美一寸时光　独享一刻悠闲

我不就是一只蝴蝶吗
从先祖庄周的梦里飞出
千年之后　又飞回到原点
穿梭于那个本来眷恋的花园
翩然起舞　缠绕着一朵艳
构成了一种生活美学

今宵　头顶一轮皎洁
在月光律动的音波中
作为活生生的精灵　我
多想把名词转换成动词
然后绕着花香　为你翔舞
为你唱一支好听的歌

以最古典而原始的方式
让霁月风光当你我的信使吧

把这支歌命名为《蝶恋花》
你瞧,有多么经典!

庄伟杰,闽南人。《中文学刊》社长、总编,山东大学诗学研究中心特聘研究员,中外散文诗学会副主席。现居厦门。

牵一次手,我们就站成卓尔山

/ 周占林

还记得那一条河流吗?
奔向沙漠不回头的黑河不只有水
还有爱恨情仇
对面的神山阿咪东索做证
山顶的雪托起的白云做证
那匹红色的马儿
从梦中醒来,追赶着昆仑山祁连山的脚步
一朵小花悄无声息
只开放给这个恬淡的时刻

如果不是那片红色砂岩
我实在想不起来我身在何处
只想和你一起,在风中不动如山
轻轻地触摸每一缕风和阳光
把能说出口的语言
遗留在一草一花的世界
就像它们的脉络
呈现一种清晰和蓬勃

就这样,我们面对神山
把无比的虔诚悬挂
如果你不动
我便不会听见云彩走动的声音

牵一次手
让我们就站成卓尔山
用无限辽阔的胸怀
豢养数不尽的恩恩爱爱

周占林，河南人。中诗网主编，中国诗歌万里行组委会副秘书长。现居北京。

青海姑娘

/ 扎西才让

青海姑娘,你是青冰上盛开的牡丹。
你是我前定的姻缘,是我的念想,模糊而遥远。

青海姑娘,我在高原小镇过夜,
你温暖的怀抱里歇下我的困倦,
你呢喃的声音里有了我的睡眠。

多少日子里,青草在高原上生生不息,
而我在一首民谣里,就把你的脸蛋梦见。

我能够远离青海的那片蓝天,甚至远离家园,
但是啊青海姑娘,我不能远离你红嘴唇轻吐的诺言。

扎西才让,本名杨晓贤,藏族。中国作家协会会员,中国诗歌学会常务理事,甘肃省作家协会理事。现供职于甘南州文联。

情诗

/ 张端端

很多事可供来日回响
灌木丛、春天、湖泊和你
很多事被滋养在森林
不得窥探,不明就里
好像乱窜的小鹿是你
撞入我眼帘的秘境
你一把将森林之绿
渲染为粉色气质,从此
森林催生出一座桃林
在来日回响时,令很多事
缓缓演习,慢慢甜蜜

张端端,福建惠安人。福建省作家协会会员。现居福建泉州。

爱情隧道

/ 张国安

和你心爱的人，来爱情隧道吧
不要邀请别人
两个人，就是一个世界

爱的道路早已铺设好
一段铁轨向前方延伸

枕木不长，和同床共枕的枕头相仿
正好容纳两个人并肩同行

一棵老槐荫树为媒
两旁绿树喜结连理
藤蔓是爱的项链
成荫、连廊，隧道拱手迎接爱情

情路高低不平
高一段，低一段
深一程，浅一程
情路绵长，没有尽头
就这样相互扶持走下去

像藤蔓缠绕绿树，此生
永不分离

铁轨斑斑锈迹，从纸婚、木婚、铁婚
铜婚、银婚、金婚到钻石婚……
见证天荒地老

槐花开口了，一片洁白
槐风轻柔，指引花瓣雨洒落
落在相爱的两个人头发上

不要拂去天地的美意
让他们的头发
一直甜蜜地白着，白着

张国安，江苏省作家协会会员。《中国校园文学》《散文选刊》签约作家。现居江苏溧水。

星空日记

/ 张晶

像梦一样漂浮的
天蓝色的月亮
落在了我鹅黄色的森林里
让我听见了你透明的呼吸
腼腆的香味
和新鲜的发绳

你说
跟我走吧
告别这里的玻璃月亮
塑料森林和纸花朵
啄木鸟也在透明的梧桐叶上
和挖掘机做最后的道别

我们去闪着星光的河流的上游
湿润的青草香包裹着大地裸露的肌肤
春天的第一杯米酒被黄昏一饮而尽
甜美的笑容挂在傍晚的尽头
在遥无边际的河面
你给我采摘了一颗天蓝色的月亮
我问那究竟是河面的熠熠星光
还是天上的点点渔火
才想起来九百年前

你说

醉后不知天在水

满船清梦压星河

张晶,安徽人。任职于文化和旅游部非物质文化遗产司。现居北京。

在加格达奇的雨夜想你

/ 张凯

在离你很远的地方呼吸
在横穿黄土高原和黑土地的绿皮小火车上
在樟子松和白桦林围困的加格达奇
在天仿佛撕开了一个裂口
邻铺老人鼾声如雷
大雨滂沱的夜
我就像一叶颠簸在松涛林海里的风帆
而你则是岸
孤黑中
被闪电一再点亮

张凯，陕西咸阳诗歌学会会员。

月光和你

/ 张林春

帷幕,结束昼的喧闹
灯火开始夜生活
我,牵着月光和你
漫步在朦胧的小河边

河流。飘过清凉的欢唱
秋风。盗走情人的诗语
你的心扉悄悄告诉我
语言,只能沉默

仰望,满天闪烁的星星
摘星人掬一双眼睛
低头,一片湿漉漉黄土地
难掩埋滚烫的心跳

浓夜。近处是灯远处还是灯
河畔留下一串难舍难离的脚印
在我思恋的小舟上,永远
载着,那个迷人的夜晚
月光和你

张林春,陕西米脂人。现在西安市地方税务局稽查三局工作。中国诗歌学会会员,中国散文学会会员,陕西省作家协会会员。

想

/ 张容卿

想把你吟成一首诗
把你精致的眉眼藏进句号里
辞藻混合颗颗草莓
漾出桃子味的欢喜

想把你写成一支歌
跳跃的节奏连着我的心跳
沉默的休止符好似泥沼
陷入倾慕无可救药

想把你描成一幅画
一笔一笔涂成万里晴空的脸
香甜的青草伴着阳光水波潋滟
仍是无法复刻你身影翩翩

想把你织成一场梦
仿佛星辰枕着大海入睡
仿佛夏天与流萤依依惜别
仿佛暖风掀起落叶的尘埃

想为你做好多好多
你会知道吗

张容卿,云南曲靖人。云南省作家协会会员,云南大学文学院2022级研究生。

你说的话,你的教导,都是最好的情诗

/ 张绍民

最好的情诗,是你关心我的那些话语
一句句话比任何经典情诗都实用

你离开的时候,一再叮嘱
你写下的那些字里行间
从源头而来的活水甘泉浇灌、洗礼、解渴

你说的那些话,一句句长成青草地
我长成了一只小羊,吃着青草

这些话语,享受它的幸福
拥有这些情话的版权

你说的关心我的任何一句话
全世界都知道真爱的分量沉甸甸

因为它的唯一性
才成为最好最珍贵的爱情诗

真正的爱情不能分享
只能独自得到唯一版权
一只羊吃了这些话语

能够有毕业证盖章进入羊的门
在你话语的怀抱,羊睡得平安……

张绍民,诗人、作家、书画家、策展人。现居湖南益阳。

需要

/ 赵博

从来不曾奢望,却突然发现
需要一次委屈,让我聆听你的倾诉
需要一阵寒冷,让我温暖你的双手
需要一场大雪,阻断行人的脚步
需要一瓶红酒,点燃已久的等候

如果时间是一本书
我想尽量写下我和你
如果将世界分为屋里屋外
我宁愿要,有你的那个小木屋

赵博,中国诗歌学会会员,陕西省作家协会会员,咸阳市诗歌学会副主席。

明天

/ 赵目珍

日子真美好,永远都以你为中心
迟到也是一件快乐的事情
因为可以看到你颐指气使的表情
大大的眼睛里有故作轩昂的姿态

连伪装都让人兴奋不已
亲爱的,我就是你的小奴隶
我喜欢你的殖民
我愿意奉献我的海岛
我的热带雨林和香蕉
愿意你默默地望着我扬帆远航
无论我绕道地中海还是好望角

亲爱的
我们的明天仍旧天蓝海净,云淡风轻
我不会让浪花如往事一片
不经意地,便石烂海枯

赵目珍,山东郓城人。中国作家协会会员。文学博士,北京大学中文系访问学者。现居深圳。

绛雪

/ 赵晓梦

也许我看到的有限,从我结霜的窗户。
也许你看到的更多,从那白雪覆盖的旷野。
在我们之间,是一条并无交集的铁轨。
缓慢行走的火车,正好丈量我与你的距离。

这是星期天的早晨,不会有其他任何人
到来。甚至无须从黎明的山洞睁开眼
在旷野,这些迟到的风景为我们出现,
如同公园里为你准备休息的长椅。

这世界如此美丽,就像新年来到门口。
我将和谁移动书桌,轻轻摇晃玻璃酒杯?
我在渴望的低语中想着,
那株高高的我可以够着的山楂树。

静静的欢乐,像是很晚才发现的一种绝症
只留下两个误入歧途的脚印。在这旷野的
雪地里,为了新的栽种,你和我都在猜测
火车下一站到哪里?

赵晓梦,高级编辑。中国作家协会会员,中国诗歌学会理事。现居成都。

下午,荷花一样

/ 赵之逵

下午的颜色是粉红色的
荷花的颜色,散发着高雅的香

下午的身段是水做的
荷花的身段,妩媚又舒展

下午的笑是甜美的
荷花的笑,清新大方

多么美好的下午
当着那么多人的面,说要为我做顿饭

赵之逵,云南人。云南玉溪师范学院客座教授,玉溪师范学院红塔书院"诗歌教育工作坊"坊主。

这样的幸福延伸着

/ 周广学

这样的幸福延伸着
河水一样潺潺,流岚一样
缭绕于山间……

当我抱怨你不能够想着我
你从别的事物中
抬起头来——这我已经看见。
你否认再三,像三股小风
吹开我脸上锁住的玫瑰。
我保留的天真有着少女的颜色
沿着电话线染到你那边

你那些秘境明亮起来
一扇扇地敞开窗户,我深深知足。
我像个小小的驴儿望进去
感到世界上到处是青青的草

走出屋子,被蓝蓝的天空照耀。
这天空下也有你的那间屋子的
到夜里,它将亮起柔柔的灯盏。
我抑制不住地说出声来:想你,想你……
空气向着你的方向轻轻地震颤

这样的幸福延伸着
会一直延伸到邈远

周广学,山西屯留人。中国作家协会会员,中国诗歌学会会员,晋城市作家协会副主席。现居山西晋城。

星空

/ 周杰

这么美的夜色
星星涌出栅栏

想想也惭愧
什么也不能给你

还是为你摘颗星星吧
一颗,两颗

一颗在你的发梢
另一颗还是在你的发梢

当你走过花香轻柔的幽径
请你聆听

星星在叮当作响
星星在闪闪发光

周杰,云南丽江市玉龙民族中学教师。

微蓝

/ 周簌

苹果树下的二月兰,在初夏明净的风中
微微颤抖,风止处,她们突然特别安静
她们高低错落的安静,还在继续发酵
阳光下,河流微微闪着蓝光

整条河流,都被自己的倒影轻轻挽住
牵着,荡着。溅落光芒
在苹果树下,给心爱的人去一封信
遂寄上几枝二月兰,当他拆开信封时

一定会想象,我的微蓝和叶茎
被一阵雨水扑打,有着凌乱之美
我爱着你,我的心是一只微蓝的容器

周簌,江西崇仁人。中国作家协会会员。现居江西赣州。

三月六日 · 邂逅或片段

/ 周扬松

三月六日,在重庆春光里
阳光照进两个人
一生的相遇

风轻轻拨动三月透明的琴弦
你安静倚靠在春天栏杆上
桃花和你一起微笑,明亮的双眸
让三月坠落在温柔的深渊

这是冥冥之中的注定
明媚的时刻,音乐自天空响起
风静止在你柔软的眼波

我们静静地站着,就这样
静静地站着
停驻在三月的边上
一天的光阴就这样过去

阳光隐退,星光浮现
这一天奇妙又美好

就等你的一个转身

照亮我们,漫长的爱情

周扬松,贵州省诗人协会会员。供职于国家税务总局黔西南州税务局。

在茂名浪漫海岸

/ 周野

在长长的长长的沙滩上,你像个孩子
你要和海鸟比奔跑
你要和潮声比狰狞
你要和寄居蟹捉迷藏
你要礁石抱你

你要一盏渔火猜一棵椰树的手语
你要一双脚印紧跟着另一双的
在风中,你的翅膀总是比谁的都飘逸
在夜里,你的眼睛肯定最闪亮
每一片霞光都比不过你好看
所有的浪花只属于你
你说我要,我要
这带不走的一切,我就要
如同多年以前你要一个穷光蛋的一辈子

去他的岁月流逝
去他的一事无成
这一刻,五点三公里的岸线
我的爱被浪漫得不行

就算用一辈子汗水换不来浅水湾一平方米
我也绝不怀疑这一刻值千金

＊浅水湾：指香港浅水湾。

周野，原籍湖北。中国作家协会会员，珠海市作家协会副主席。现居广东。

木棉花之恋

/ 周园园

盛夏,我们在蝉声中走出寺院
在池水旁的阴凉下吹风、休息
放风筝的小朋友欢快地跑着
还有一些孩子团坐如玉
沉浸在童年趣味无限的游戏里
我们靠着彼此,阳光照暖远山
糖果云在那里留下巨大的影子
树上的木棉花鲜红、明丽
在你的眼中释放万丈光芒
是爱情的颜色,纯洁、热烈
我们把落地的花瓣捧在手心
你转过头问我永恒是什么
永恒就是此时此刻时间的流转
木棉花缓缓释放出爱情的清香

周园园,黑龙江人。青年诗人。现居天津。

用桨的双手

/ 朱涛

我与你的关系
已在你的梦中彰显

为海垒起一座金字塔
以风雕凿容貌
以潮汐奠定基础

你的年轻的天堂

我
希冀用桨的双手
掬一捧白发的盐
划动远方的蔚蓝

我来过了

如果可以
我们擎起闪电的浮标
向路过的黑夜眨一眨眼
宣示每天的黎明

朱涛,浙江舟山群岛人。当代先锋诗人。现居深圳。

拥抱

/ 朱文平

你问我是怎样的喜欢？！
其实是爱！那爱温润如玉
洁白如雪，那雪——
虽然寒冷，但是纯洁
所有的春华秋实抵不过一个女孩
一个扎着马尾辫的北方女孩
一骑绝尘。在初秋的艳阳里
笑靥如花，仿佛前世今生的相遇
我爱你已深如大海！
亲爱的，只要让我去爱
即使海天相隔，相互道一声晚安
身体是有记忆的，哪怕一次
拥抱　也足以温暖一生

朱文平，江西省鄱阳县人。中国诗歌学会会员，海南省作家协会会员。现居海南三亚。

秋天的情诗

/ 朱燕

像麋鹿,你在我的世界跳跃
对,跳跃而不是依偎

我的空间足够大,视线足够长时
捕捉到的是曲线

喜欢直线的人
心也弯成一张弓,希望自己是好射手
随时能射中你

朱燕,江苏扬州诗歌学会负责人之一。现居扬州。

暮年

/ 庄凌

我想和你快速地进入暮年
相爱一次就能白头到老
没有背叛,没有分离
眼前只有比目光还清澈的流云

我和你相互依偎着
像两座山挨在一起
风替我们在松林中奔跑
草一样的头发
一吹就白了
我们也会像年轻人一样说"爱你"
没有什么能打扰我们

太阳累了
我们也沉沉睡去

庄凌,山东日照人。戏剧与影视学硕士。现居杭州。

那时,我们都老了

/ 宗晶

站在窗前
你又一次说等我们老了
就回乡下去
种几棵南瓜
养只狗再养只猫
养温暖的阳光也养清凉的月亮

我们贴着墙角矮下去
靠着彼此

宗晶,满族。中国作家协会会员。现居大连。

无题

/ 左清

你在眼中刻下我的轮廓,
我在眼里找寻你的身影。
我守着你今晚的灯熄灭,
如同你轻轻闭上你的眼睛。

左清,中国诗歌学会会员,江西省作家协会会员,"新江西诗派"成员。现居江西永新。

那束绿光

/ 祝雪侠

相约不如偶遇
缘分一瞬间
天然的亲切感
说不清是否曾经遇见

没有月光的那个夜晚
星星躲在云里面
你发现是路灯照亮了绿叶
眼前一片璀璨

我说那束绿光
照亮了我回家的路
你说那束绿光
照亮了你的心

此刻的愉悦
是心灵洒脱的一个传说
那束绿光
让爱与阳光迷人芬芳

祝雪侠,陕西咸阳人。中国作家协会会员,中国诗歌网事业发展部主任。现居北京。

梦

/ 庄晓明

以梦抚触你
抚触你的发,你的眼……
渐渐地,你也成了一个梦

我的梦抚触着你的梦
谁也不愿醒来

庄晓明,江苏扬州人。中国作家协会会员,九三学社社员。现居扬州。